ロクでなし魔術講師と禁忌教典《アカシックレコード》
Akashic records of bastard magic instructor
24
JN049399

Akashic records of bastard magic instructor

CONTENTS

……ねえ、お兄さんは、どこから来たの？
???

システィーナ＝
フィーベル

これが本当に、私達の最後の戦いよ！
絶対に先生を取り戻して、皆で文句の一言でも
言ってやろうじゃない！

そうだな……気が遠くなるほど遠い祈だな
グレン＝
レーダス

ロクでなし魔術講師と禁忌教典《アカシックレコード》24

羊 太郎

ファンタジア文庫

3352

口絵・本文イラスト　三嶋くろね

教典は万物の叡智を司り、創造し、掌握する。
故に、それは人類を
破滅へと向かわせることとなるだろう——。

『メルガリウスの天空城』著者：ロラン＝エルトリア

Akashic records of bastard magic instructor

Main

システィーナ＝フィーベル

—

生真面目な優等生。偉大な魔術師だった祖父の夢を継ぎ、その夢の実現に真っ直ぐな情熱を捧げる少女

グレン＝レーダス

—

魔術嫌いな魔術講師。いい加減でやる気ゼロ、魔術師としても三流で、いい所まったくナシ。だが、本当の顔は——？

ルミア＝ティンジェル

—

清楚で心優しい少女。とある誰にも言えない秘密を抱え、親友のシスティーナと共に魔術の勉強に一生懸命励む

リィエル＝レイフォード

—

グレンの元・同僚。錬金術で高速錬成した大剣を振り回す、近接戦では無類の強さを誇る異色の魔導士

アルベルト＝フレイザー

—

グレンの元・同僚。帝国宮廷魔導士団特務分室所属。神業のごとき魔術狙撃を得意とする凄腕の魔導士

エレノア＝シャーレット

—

アリシア付侍女長兼秘書官。だが、裏の顔は天の智慧研究会が帝国政府側に送り込んだ密偵

セリカ＝アルフォネア

—

アルザーノ帝国魔術学院教授。若い容姿ながら、グレンの育ての親で魔術の師匠という謎の多い女性

Academy

ウェンディ＝ナーブレス

—

グレンの担当クラスの女子生徒。地方の有力名門貴族出身。気位が高く、少々高飛車で世間知らずなお嬢様

リン＝ティティス

—

グレンの担当クラスの女子生徒。ちょっと気弱で小柄な小動物的少女。自分に自信が持てず、悩めるお年頃

ギイブル＝ウィズダン

—

グレンの担当クラスの男子生徒。システィーナに次ぐ優等生だが、決して周囲と馴れ合おうとしない皮肉屋

カッシュ＝ウィンガー

—

グレンの担当クラスの男子生徒。大柄でがっしりとした体格。明るい性格で、グレンに対して好意的

セシル＝クレイトン

—

グレンの担当クラスの男子生徒。物静かな読書男子。集中力が高く、魔術狙撃の才能がある

ハーレイ＝アストレイ

—

帝国魔術学院のベテラン講師。魔術の名門アストレイ家出身。伝統的な魔術師に背くグレンには攻撃的

Character

Keyword

魔術

Magic

—

ルーン語と呼ばれる魔術言語で組んだ魔術式で数多の超自然現象を引き起こす、
この世界の魔術師にとって『当たり前』の技術。
唱える呪文の詩句や節数、
テンポ、術者の精神状態で自在にその有様を変える

教典

Bible

—

天空の城を主題とした、いたって子供向けのおとぎ話として世界に広く流布している。
しかし、その失われた原本（教典）には、
この世界にまつわる重大な真実が記されていたとされ、その謎を追う者は、
なぜか不幸に見舞われるという——

アルザーノ帝国魔術学院

Arzano Imperial Magic Academy

—

およそ四百年前、時の女王アリシア三世の提唱によって巨額の国費を投じられて
設立された国営の魔術師育成専門学校。
今日、大陸でアルザーノ帝国が魔導大国としてその名を
轟かせる基盤を作った学校であり、常に時代の最先端の魔術を学べる最高峰の
学び舎として近隣諸国にも名高い。
現在、帝国で高名な魔術師の殆どがこの学院の卒業生である

序章　貴方《あなた》のいない世界で

――時は、流れる。
季節は巡る――

カン、カン、カン、カン……

教室内に、本日最後の授業の終了を告げる鐘の音が響き渡った。

「……あら、もうこんな時間だったのね。

じゃあ、本日の授業はここまで。皆《みんな》、お疲れ様」

私は講義を切り上げ、教卓の上の教科書や資料を片付け始める。

授業が終了したことで、教室内に張り詰めていた授業中特有の緊張感が解かれ、生徒達が解放感からにわかに騒がしくなり始める。

そして、皆一様に顔を見合わせ、次々と本日の私の授業の感想を零《こぼ》し始めた。

「うーん！　今日もシスティーナ先生の授業は、本当に凄《すご》かった！」

「だな！　こうして基礎的な話を聞いているだけで、魔術の深奥《しんおう》にどんどん近づいてる感じ！　やっぱ他の先生達とは格が違うよ！」

「バッカ！　そんなの当たり前だろ！　システィーナ先生は、あの伝説のセリカ＝アルフォネア以来の、世界史上二人目の第七階梯《セプテンデ》魔術師なんだぞ⁉」

「そうよ、そうよ！　しかも、先生は、あの魔王大戦で天空の城に挑んで世界を救った英雄グレン＝レーダスの仲間達《パーティー》の一人……生きた伝説なんだから！」


「こほん」


さすがに本人の目の前でそう持ち上げられると恥ずかしいので、私は一つ大きめに咳払《せきばら》いをした。

「私のことなんかどうでもいいから。今日、私が教えたこと、帰ってからちゃんと復習しなさいよ？　いい？　私の若い頃は……」

と、その時だった。

ぐらり、と。不意にこの世界が揺らぐ感覚。意識が遠のきかける感覚。

私の全身から急に力が抜けていって……

「……ゴホッ！　ゴホッ！　ゲホッ！」

喉の奥からこみ上げてくるものに思わずむせながら、堪《たま》らず私は膝をついた。

「せ、先生⁉」

「システィーナ先生っ！」

「だ、大丈夫ですか⁉」

たちまち生徒達が、心配そうに私の周囲に群がってくる。

「だ、誰か法医の先生呼んできて！　システィーナ先生が！」

「だ、大丈夫よ……心配しないで」

そう言って、私はなんとか立ち上がるが。

正直、大丈夫じゃない。

口元を押さえて隠しているが……少し血を吐いている。

まぁ、随分とこの身体《からだ》もガタがきたものだ。

「最近はよくあることよ。なんだかんだで、私も……歳《とし》だからね」

すると、生徒達は目に見えて狼狽《うろた》えていた。

「そ、そんな……」

「私、心配です……システィーナ先生、最近、輪をかけて体調悪いみたいですし……」

「大丈夫だよな？　先生……急にいなくなったりしないよな？」

「僕達……まだまだ、先生に教えてもらいたいこと、たくさんあるんです」

「もっと、先生と一緒にいたいんです……」

心配そうな生徒達を尻目に、私はそっと立ち上がる。

そして、生徒達の不安げな視線を受けながら、私は教室の外へ向かって歩き始めた。

「……大丈夫よ。心配いらないわ。ちょっと、疲れていただけ」

生徒達を安心させるようにそう言ってみるが。

正直なところ、それは嘘《うそ》だ。なんていうか、最近、わかるようになった。

多分、もう……私は長くない。

今までは魔術で色々と誤魔化《ごまか》していたけど、そろそろ限界だろう。

生命の限界。自然の摂理。

魔術師の傲慢さでそれに抗《あらが》い続けてきたけど、ついに私もそれに従う時がきたのだ。

「そんなことよりも、いい？　今日も、ちゃんと復習と予習を忘れないこと」

そんな思いを噛《か》み殺《ころ》し、私は生徒達に言葉を告げる。

「貴方達は……皆、それぞれの道を目指して歩いている。

隣の道なんて気にしなくていいの。道の良《よ》し悪《あ》しを気にする必要もないの。

誰かと比べる必要なんてない。自分だけの道を見据えていればいい。

その代わり……ほんの少し……たった一歩だけでもいいから、今日は昨日よりも前へ進むこと。

この世界には、何も難しいことはないの。ただ、歩み続けるだけでいいの。

……いいわね？　私の可愛《かわい》い生徒達」

「「「…………」」」

何かもの言いたげな生徒達を残して。

私は、アルザーノ帝国魔術学院、二年次生二組の教室を後にするのであった——……

——。


本日の授業を全て終えて。

学院を後にした私は、一人フェジテの街を歩く。

久々にじっくり周囲を見渡せば、新しい人、新しい建物、新しい街並みが見える。

あの頃とすっかり様変わりしてしまった——そんなフェジテを、私は感慨深く思いながら歩く。

ふと、夕日に燃える空を見上げると。

紅と金に染まるその空には、かつてフェジテの象徴だった天空城の姿は、もうない。

世間知らずで幼かった少女《わたし》の夢の象徴が消えた時は、さすがに多少落胆したが、何も問題はない。

一つの夢に拘《こだわ》り続ける必要はない。夢の形は変わったっていいのだ。

ただ、何かを目指して、歩み続けるだけでいい。それだけでいい。

あの人が教えてくれたことだ。


「それにしても……もう、あの戦いから四百年かぁ……」


私の少女時代……あの人と一緒に駆け抜けた一年間のことは、まるで昨日のことのように思い出せる。

色んなことがあった。

敵の組織との戦い。魔術競技祭。学修旅行。遺跡探索。舞踏会。他校への留学。炎の船での死闘。スノリア旅行。魔術祭典。古代文明への時間旅行。そして──世界の命運をかけた戦い。それ以外にも、何気ない日常や数々のバカ騒ぎ。

あの人と、かけがえのない友人達と、熱く、熱く駆け抜けた、私の青春の日々。

今は、とても遠く、そして懐《なつ》かしい──……

「もう……皆、いなくなっちゃったけどね……」


世界の命運をかけた空の決戦から、かれこれ四百年。

それは一般的な人の一生と比較すれば、あまりにも長すぎる時間だ。

時の流れるままに、一人、また一人と、私は知人や友人達を喪《うしな》っていった。

二年次生二組の生徒達の葬儀には、全て参加した。

カッシュも、ウェンディも、テレサも、リンも、セシルも……もういない。

イヴさんも、アルベルトさんも。

竜の化身のル＝シルバさんすらも、二百年ほど前、天寿を全うした。

今はもう——四百年前の空の決戦を直接知っている人は、世界広しといえど、この世でただ一人、私だけだろう。


「……ルミア……彼女に先立たれた時は、さすがに堪《こた》えたなぁ……あんなに泣いたのは、多分、あの人がいなくなって以来のことね……

リィエルは……私達と違って年を取っても、全然姿が変わらなかったから、ずっと一緒にいられるかなって思ったけど……ある時、急に時間切れになったみたいに、ぽっくり逝《い》っちゃったっけ。

まるで、日だまりで丸まってお昼寝しているリスみたいだった……最後まで、リィエルらしいなぁって……不謹慎だけど、思わず笑みが零れちゃったのよね……

イヴさんは……あはは、最後のお別れの夜、めっちゃあの人にキレてたなぁ……地獄からアイツに文句言いに行く、燃やしてやるって……

ナムルスは……あの空の戦いの後、この世界を去っていっちゃったのよね……あの人を捜しに行くって。彼女とはそれっきり。

上手《うま》くあの人と再会できたかな？　でも、大砂漠の中から特定の砂粒一つ探すようなものって言ってたし……どっちみち、もう二度と彼女と会うことは、ないんだろうな……」


それでも、この四百年。

これまでの不穏な国際情勢や魔術犯罪率の高さが、まるで嘘のような平和ぶりで。

皆、幸せか不幸せかと問われれば、きっと幸せな人生を送ったと思う。

ただ、そんな幸せな日々の中に、あの人だけがいなかった。

「あの人は……まだ、戦っているのかな？」

私は焼け落ちるような美しい空を見つめながら、そんなことを呟《つぶや》く。

きっと、戦っているんだろうな。

今、ここじゃない、どこか遠い世界の遙《はる》かな時を隔てた時代で。

この世界が、こんなにも平和なのが、その証左。

《無垢《むく》なる闇》なんていう、この世界の裏側に潜む究極の邪悪の存在を知ってしまった以上、その相手を引き受けてくれたあの人には、もう感謝しかない。

感謝しかないのだが……

「あのロクでなし……ごほっ！　げほっ！　う……一体、いつになったら帰ってくるのよ……？　もう、私……こんなお婆《ばあ》ちゃんになっちゃいましたよ……？」

最近、急に言うことを聞かなくなった身体を引きずるように。

私はフィーベル邸へと帰るのであった。


——。

―――夜が訪れる。

静寂がフェジテの街を包む深夜。

私は、いつものように魔術の研究や明日の授業準備を終えると、湯浴みをして就寝の準備に入った。

そして、寝室にある鏡台の前で、映り込む自分の顔を覗《のぞ》く。


「……年、取ったなぁ……」


苦笑して、私は鏡台の蓋を閉じた。

結局、あの人に自分の想《おも》いを告げることなく、こんなにも自分は年を取ってしまった。

いっそ、あの人のことなど忘れ、女として新しい幸せを探しても良かったと思う。

実際、そう決意したことは何度もある。

だけど……駄目だった。

いつだって、自分の心の奥の一番大事な場所には、あの人がいる。

どうしても、忘れられない。

せめて、きちんとあの人に想いを告げて断られ、この想い破れることができたならば、新しい恋を探すこともできたかもしれないが……無理だ。

この気持ちに決着をつけぬまま、先に進めるわけがない。

偉そうに人に教える立場になりながら、なんてざま。

私の心はあの頃からまったく成長しておらず、いまだ純情無垢な乙女のままなのだ。


「私、年を取りすぎちゃった……

だからもう……今さらこの幼い恋の成就《じょうじゅ》なんて願ってないけど……でもね、先生。

私……先生に会いたいよ」


私はそっと窓際《まどぎわ》に立ち、誰にともなく呟いた。


「私には、もう時間がない……

だから、逝《ゆ》く前に……最後にせめて一目だけ、先生の顔が見たい。

せめて、最後にせめて一言だけ……先生と言葉をかわしたい。

駄目かな……？　ただでさえ、先生のおかげで、私達はこうして平和な時を過ごせてるのに……だから、そう願うことすら贅沢《ぜいたく》なのかなぁ……？　ねぇ、先生……」

と、私が窓から遙かな夜空を見上げていた……その時だった。

どくん……

突然、世界がグラつく感覚と共に。

「……ゴホッ!?　げほごほごほっ！」

私は盛大に血を吐いていた。

立っていられない。気分が悪い。激しい動悸《どうき》。過呼吸。気が遠くなる感覚。

最近、こんな発作には慣れっこだったが……今回のはレベルが違う。

明確に、私のすぐ傍《そば》に感じられる、死神の気配――

（……ぁ……これ、ヤバい……）

私は吐血を繰り返しながら、冷静に自分を検分していた。

今の私には、思っていた以上に時間が残っていないようだ。

なにせ、私の身体《からだ》は最早《もはや》、どうして生きているのかもわからないほどボロボロだ。

それも当然。

ただ、あの人にもう一度だけ会いたくて……そのためだけに、命の摂理をねじ曲げて、今まで無理矢理この生にしがみ付いていただけだったのだから。

「……げほっ……」

私は、糸の切れた人形のように、ガクリと膝をつき……そのままパタンと床に力なく倒れ伏す。

「やだ……やだよ……まだ、死にたくない……先生……死にたくないよ……」

私は気迫で自分の命を繋《つな》ぎ止《と》めようと魔力や術式を括《くく》るが……無駄だった。

いくら命の砂時計の砂を補充しても、この身体から零《こぼ》れ落《お》ちていく命の速度の方が、もうどうしようもないほど、圧倒的に速い。

恐らく、この身体はもう夜明けまで保《も》たない。

もう、砂時計の砂は落ちきる寸前、秒読みの段階に入っている。

「一目で……いいの……一言でいいの……だから……先生……先、生……」

辛《かろ》うじて顔を上げ、涙で霞《かす》む目で窓の外に広がる冷たい夜空を見上げる。

あの星空のどこかにいるかもしれない、愛《いと》しいあの人を想う。
だが……空は何も答えない。
あの人は……帰ってこない。何も言ってくれない。

「お願い……先生……、……先……生……」

死が、優しく私の身体を掠《さら》っていく。
全身から力が抜け、私の頭がかくりと垂れ床を叩《たた》く。
朦朧《もうろう》とし、次第に遠ざかっていく意識。暗転していく世界。

「……………………先生……」

そして——私のささやかな願いも空《むな》しく。
私の世界の全てが。
無慈悲に、闇へと閉ざされる——……

――。

――。

――。

――。

――。

――。

――。

――そんな最悪な夢を、私は見ていた。

第一章　残された者達の後日譚《エンディング》

「〜〜〜〜〜〜〜〜〜〜〜〜ッ⁉」

寝間着姿《ネグリジェ》のシスティーナが、声にならない叫びを上げて毛布を撥《は》ね飛ばし、弾《はじ》かれたように跳ね起きた。

はちきれんばかりに鼓動する心臓。全身をぐっしょりと濡《ぬ》らす気持ち悪い冷や汗。

吐息はまるで炎のように熱く、肺は酸素を求めて、激しく過呼吸気味に喘《あえ》ぐばかりだ。

辺りを見回せば、そこはいつも通りの自分の寝室。

寝台に鏡台、燭台《しょくだい》、クローゼット……いつも通りの調度品。

窓のカーテンの隙間から、眩《まばゆ》い朝日の光が差し込んでいた。

「嘘《うそ》……ゆ、夢……ッ⁉　今の……夢……ッ⁉」

システィーナは寝台から飛び下りると、慌てて鏡台へと縋《すが》り付《つ》く。

そして、乱暴に観音開きの鏡の蓋を開いた。

そこに映るのは、長き時を経て老いてしまった老女の顔ではなく。

……いつも通りの、まだ十代半ばの少女である自分の若々しい顔。

髪は艶《つや》やか。肌は張りがあって瑞々《みずみず》しく、当然、まだ皺《しわ》など一本たりともない。

老眼とも無縁で、全てがはっきりくっきり見える。

「…………」

その現実を噛《か》みしめるかのように、システィーナはしばらくの間、鏡に映る自分の姿を息を呑《の》んで凝視し続けて。

やがて。

「………………、なんだ……夢、か……」

ようやっと納得できたかのように。

システィーナは、その場にへなへなとへたり込んだのであった。

「……年頃の女の子にキツすぎる夢でしょ……勘弁してよ……」

安堵《あんど》の息を吐《つ》くシスティーナ。

そう、気分は朝から最低最悪だが、しょせんあれはただの夢だ。現実ではない。

ならば、さっさと忘れてしまえばいい。忘れてまた忙しい現実を生きれば良い。

ただ、それだけの話なのだが……

（でも……なんだろう？　さっきの夢……なんだか、ただの夢にしては……）

不意に、ぶくりと胸の内に浮かんだとある不安と予感に、システィーナがぶるりと身体を震わせていると。

部屋の外の廊下から、誰かが駆けてくる音が近づいてきて。


「システィ⁉」


やや乱暴に扉が開かれ、その顔に焦《あせ》りを浮かべた金髪の少女──ルミアが姿を現す。

システィーナと同じく寝間着《ネグリジェ》姿のルミアは、鏡台の前でぐったりへたり込んでいるシスティーナを見ると、慌てて駆け寄る。

そして、システィーナの前に屈《かが》み込んでその両肩に手を置き、システィーナの顔を心配そうに覗《のぞ》き込みながら言った。

「大丈夫、システィ⁉　なんか凄《すご》い悲鳴と物音が聞こえたけど何かあったの⁉」

「え、えーと……あはは……なんでもない……なんでもないの、なんでも……」

システィーナは力なくそう応じると、のそのそと立ち上がる。

不安げに見上げてくるルミアを安心させようと、システィーナは無理矢理にっこり笑って、空元気を出して言った。

「そんなことよりも、ほら！　学院行く支度しよ！　せっかく、世界が平和になったんだもの！　無事に生き残った私達には、やることが山とあるんだから！　だから、ね！」

そう言って、システィーナは寝間着を脱ぎ捨て、テキパキと学院の制服に着替え始める。

「システィ……」

ルミアは、そんなシスティーナを何かもの言いたげな目で、黙って見つめるしかないのであった。


――――。


「しっかし、やっぱりなんていうか……人間って逞《たくま》しいわねぇ」

身支度を終えて、朝食を摂《と》った後。

学院へ向かう道を、ルミア、リィエルと共に歩きながら、システィーナは考え深げに言った。

周囲に広がるは、朝のフェジテの光景。

先の戦いの傷痕は、まだ痛ましいほどに残っており、あちこちの建物が倒壊し、焼け焦げ、あるいは焦土と化している。

だが、早くも復興作業が始まっていた。

あちらこちらで作業員達が瓦礫《がれき》の撤去作業や、家屋の再建作業を行っている。

住処《すみか》を失って路上生活を強いられている市民達へ、公的機関が主催する炊き出しなども行われており、市民達が列を作って並んでいる。

未《いま》だ癒えきれぬ市民達の不安を拭うため、フェジテ警邏《けいら》庁の警備官達や、フェジテに駐屯している帝国軍がしっかりと警備を行い、治安強化に余念がない。

今のこのフェジテは、アルザーノ帝国は、ボロボロで虫の息状態ではあるが……女王アリシア七世の指導の下、着実に再生への道を一歩一歩歩み始めていた。

「でも、驚くよね……こんなに早く復興作業が始まるなんて」

「うん。ここフェジテだけじゃなく、帝都の再建もすでに始まってるらしいわよ？

女王陛下の手腕のおかげってのもあるけど、あのウィーナス商会や西マハード会社が、採算度外視で積極的に物資を流通させてくれてるのが大きいわね」

「ウィーナス商会の会長さん……帝都壊滅時に行方不明になったって聞いたけど、無事だったんだ？」

「らしいわ。なんか、今は旅先から復興指示の手紙を、各商会支部へ色々飛ばしてくれてるって」

聞きかじった噂話《うわさばなし》を思い返しながら、システィーナが言った。

「それに……もちろん、帝国政府や有力商会だけじゃないわ。

今、このフェジテに住む人々が、帝国中の人々が一丸となって、この国を建て直そうとがんばっているわ」

システィーナが辺りに目を向ければ、ボランティアの市民達が更地の焦土となった場所に、簡素な仮設住宅を協力して組み立てているのが見えた。

「元通りに……なるかな？　アルザーノ帝国」

「もちろん。ならないわけがないわ」

ルミアの質問に、システィーナは堂々と、自信満々に言った。

「確かに、口で言うほど簡単なことじゃないのはわかってる。

でも、焦る必要はない。ただ、一歩一歩着実に歩み続ければ、いつかきっと……」

「……ん、きっと大丈夫。わたしにはよくわからないけど」

リィエルがいつものように眠たげに、コクコク頷《うなず》いた。

「そういえば、システィーナ。レナードとフィリアナ……無事で良かった。

勘だけど、多分、大丈夫だと思ってた。けど……ちょっと心配だった」

「ふふ、そうね。ありがとう、リィエル」

つい先日のことだ。

帝都オルランドが完全に壊滅状態になって以来、消息のわからなかったシスティーナの両親……レナードとフィリアナから、突然、手紙がきたのだ。

風の精霊を使って送り先へと運ばせる、古臭い手法の魔術手紙だ。

その内容によれば、どうもレナード達は、帝都を脱出する際、少し手違いがあったようでとんでもない場所へと転移してしまったらしい。

フェジテに帰ってくるには、もう少し時間がかかるそうだ。

「あの呑気者《のんき》の両親は、今頃、一体どこをほっつき歩いてるんだか……何か、色々と奇妙な同行者達もいるみたいだし……詳しくは教えてくれなかったけど」

「帰ったら紹介してくれるって書いてあったね。一体、どんな人達なんだろう？」

「さぁ？　ま、とにかく」

ん～っと、システィーナが両手を組んで頭上に掲げ、背伸びする。

「日頃の行いが良かったのね。うん、きっと全部元通りになるわ。

いつになるかわからないけど……きっと私達は以前と変わらない日々を取り戻せる。

その日まで……一緒にがんばろう？　ね？　ルミア！　リィエル」

そう自分自身に言い聞かせるように言って。

システィーナは、スタスタと学院への道を急いで歩く。

「システィ……」

「…………」

ルミアとリィエルは、そんなシスティーナの背を見送って。

やがて、ゆっくりと後を追うように、歩き始めるのであった。


────。


「お早《はよ》うっ！　皆《みんな》っ！」

元気良く二年次生二組の教室の扉を開いて、システィーナは挨拶した。

「おう！　お早うだ、システィーナ」

「……ああ、お早う」

「ふふ、本日もお加減良さげで何よりですわ」

すると、カッシュやギイブル、ウェンディといった二組の生徒達が、次々と挨拶を返してくる。

もちろん、いつも通りの教室の風景、というわけではない。

先の戦いの余波や傷痕は、未だ痛ましくアルザーノ帝国魔術学院にも残っており、この教室もそこかしこがボロボロで、簡易的な修理痕が生々しく残っている。

だが、この場所に集うメンバーだけは……いつも通りだった。

「しっかし、マジで奇跡だよなぁ……俺達が再び生きてこの教室に集えるなんてよ」

「残念ながら、余所《よそ》のクラスや他学年には、大怪我《けが》をして未だ起き上がれない者もいるけど……それでも、あの戦いを誰も欠けずに乗り越えることができたなんて、カッシュの言う通り、奇跡以外の何物でもないな」

「ちょっと……ギイブル君……それは……」

「少し……不謹慎ですよ」

リンやテレサの少し慌てたような、責めるような言葉に、ギイブルがバツが悪そうに表情を歪《ゆが》める。

「すまない。失言だった」

ギイブルがそんな風に、システィーナへと目配せするが。

「ん？　え？　私？　何のこと？」

システィーナが、キョトンとして目をわざとらしく瞬《しばたた》かせて。

「あっ！　ひょっとして先生のこと？　もう、やだなぁ！　全然、気にしてないから！　どうせ、あのロクでなしの唐変木、そのうち、ふらっと帰ってくるに決まってるし！　だって、今までもずっとそうだったじゃない？」

「「「…………」」」

そんなシスティーナの言葉に、一同はしばらくの間、押し黙り。

「……そうだよね。いつか、きっと帰ってくるよね？　先生」

やがて、セシルが切なげに笑いながら、そう言った。

「そりゃーそうだよなぁ？　だって、あのゴキブリみてーにクソしぶてぇ先生のことだもんなぁ？」

「まぁ……あの人が僕達の期待を裏切るわけないしな」

「で、ですわよね⁉　普段はちょっとだらしない御方《おかた》ですけど！　いざ決める時は、いつだって、バシッ！　と決めてくれますものね！」

そんなセシルに、カッシュ達も次々と続く。

そして、そんな一同を満足げに見渡しながら、システィーナが音頭《おんど》を取った。

「──と、いうわけで！　本日も皆で自習、がんばろう⁉」

現在、事実上アルザーノ帝国魔術学院は休校状態である。

講師や教授陣が、フェジテ復興作業に全面協力しているので、生徒達の面倒を見る暇がないためだ。

だが、生徒達はそんな中でも、自ら積極的に学院へ集い、こうして自習や魔術の自主鍛錬を続けている。

この復興作業は一、二年かそこらで終わるものじゃない。

もっと長い年月を要する、気の長いものだ。

だから、将来に備えて、生徒達は自己研鑽《けんさん》に余念がない。

——のだが。

「やっぱ、全部自分達でってのがキツいよなぁ……せめて、誰か教えてくれる人が来るまで、休校でも良くねぇ……？」

「ちょっと、カッシュ！　何、腑抜《ふぬ》けたこと言ってんのよ⁉」

ため息を吐《つ》くカッシュに、システィーナが食ってかかる。

「私達、皆で決めたことでしょ⁉　こんな状況でも、私達なりにできることをがんばっていこうって！　もう忘れたわけ⁉」

「ははは、悪《わり》ぃ。冗談だよ、冗談。せっかく平和になったってのに、俺達が怠けてちゃ先生に申し訳が立たねえもんな」

カッシュがシスティーナを宥《なだ》めるように手を上げる。

「でも、カッシュの言いたいことも少しわかるよ……」

すると、セシルが少し切なげな表情で言った。

「魔術の勉強を、一から自分達だけでやるってことが、こんなに大変なことだったなんて……思わなかったよ」

「ああ……僕達が普段、どれだけ先生に助けられていたか、本当に痛感する」

「そうですわね……当たり前になっていたので忘れていましたけど……こんな未熟な私達に一から教えてくれた先生は……やっぱりとても偉大な御方でしたのね……」

口々に、しみじみと呟《つぶや》く生徒達。

そして──

「ああ……やっぱ、先生が……グレン先生がいてくれたらなぁ……」

そんなカッシュの呟きに。

しん……教室内は神妙に静まりかえってしまう。

と、その時だった。

ぱん、ぱん、ぱん。

手を叩《たた》く音が、静寂と重苦しい空気を振り払う。

「はい！　皆、そこまで！」

システィーナだ。

「もう、しっかりしなさいよ！　今からそんな弱音吐いてどうするの⁉　まったく！」

「システィーナ……しかしだな……」

「お黙りなさい！　貴方《あなた》達、恥ずかしくないわけ⁉　一体、誰のおかげで生き延びることができたと思ってるの⁉　一体、誰のおかげでこうして平和を享受できると思ってるの⁉　先生でしょ⁉　先生のおかげでしょ⁉」

「「「「！」」」」

「先生はね、もう充分に私達を助けてくれたの！　これ以上の助けを求めるなんて、烏滸《おこ》がましいにもほどがない⁉」

「そっ、それは……」

「そうですけど……」

「はぁ〜〜、皆がその調子じゃ、そのうち先生が帰ってきた時、きっとアイツ、こんなこと言うわよ？　〝ぎゃははははっ！　やっぱお前らって、本っ当に俺がいねえとダメダメなんだなぁ⁉　グレン＝レーダス超先生神様がいなくて寂しかったでちたかぁ？〟」

「そっ……それは……なんつーか……」

「言いそうだ……あの人なら」

「そして、すっごくムカつきますわね……」

どこかムッとしている生徒達へ、システィーナは続ける。

「だったら、見返してあげましょうよ」

「「「「！」」」」

「いつか、先生が帰ってきた時……私達はここまで成長しましたって。

先生がいなくてもここまで立派にやれましたって。

そんな風に、先生を見返してやろうじゃない⁉　それが、あの人への意趣返しだし……

最大の恩返しってもんでしょ？　違う？」

そう言ってシスティーナが発破をかけると。

「……だな。違《ちげ》えねえ」

「ふっ……まったくだ」

「ええ、やってさしあげましょう。いつか先生が帰ってきた時……びっくりさせてあげましょう」

「じゃ、いつも通り、皆でわかんねーとこ教え合う形で自習、始めっか！」

そんな風に。

二組の生徒達は静かな情熱を燃やして、今日も勉強に励み始めるのであった。

そんな中。

「……ふぅ……」

システィーナは一人、密《ひそ》かに、静かにため息を吐く。

「システィ……」

そんなシスティーナの小さなため息に気付いたのは、ルミアだけであった。


────。


本日も充実した一日が終わる。

復興途中であるため、色々と不自由なことも、回り道も多いが。

それでも、システィーナ達は未来に向けて、一歩一歩着実に歩み続けている。

そして──その夜。

システィーナの自室にて──

「……これで良し、と」

本日の復習と、明日の予習を終えて。

机についていたシスティーナは、教科書とノートを閉じ、伸びをする。

いつの間にか、かなりの時間が経過していた。

柱時計を見れば、日付はとっくに変わっている。

そろそろ就寝しないと、体力的に明日に響いてくるだろう。

だけど──

「まだ、何か……他にまだ、何かできること、ないかな……？」

システィーナは、何かに取り憑《つ》かれたように、壁際《かべぎわ》の書架に指を這《は》わせる。

ふと、以前の自分の力量では手に負えなかった魔術書を見つけ、それを抜き取る。

再び机につき、その書を開いて、読み始める。

「うん……大丈夫……今の私なら理解できる……そうね、次はコレをものにしよう」

そんなことを呟きながら、システィーナは本の内容に没頭し始めた。

「…………」

溶けた鉛の中を歩くような、緩慢な時間が流れていく。

システィーナは、本の文面を追う。追い続ける。

内容の理解はできる。当然だ。

システィーナの今の魔術師としての位階は、以前とは比べ物にならない。

今となってはこの程度の魔術書など、システィーナにとって習得するのに何の支障もない。

だが――理解はできるが。

まるで頭に入ってこなかった。頭に入れた端から、ボロボロ零《こぼ》れ落《お》ちていく。

それも当然。単純に体力と精神の限界だ。

彼女は、あの空の戦いが終わって以来、ずっと何かに急《せ》き立《た》てられるように無理をし続けていたからだ。

「はぁ……」

システィーナが目元を揉《も》みながらため息を吐き、天井を仰ぐように本から目を離す。

「何やってるの、システィーナ。何やってるの」

自嘲が室内に霧散する。

「貴女《あなた》には、立ち止まっている暇なんかないでしょう？　今、私が温《ぬる》い平和の中でこうしている間にも、きっと先生は……私達のために、どこか遠い世界で戦ってる。

だったら、私に休んでいる暇なんてあるわけないじゃない。

がんばらないと……私達のためにがんばってくれている先生のために……私はがんばらないと……歩み続けないと……だから……」

ふと、視線を落とす。

何気なく、机の上に置いてある手鏡に目を向ける。

その瞬間、全身が総毛立つほど、システィーナの心臓は悲鳴を上げた。

「えっ⁉」

その手鏡に映り込んだ、自分の顔は——今朝の夢の中で見た、疲れきった老女の顔そのもので——

「〜〜〜ッ！」

慌てて頭を振り、目を擦《こす》る。

激しく鼓動する胸を押さえ、過呼吸を噛《か》み殺《ころ》し、再び決意と共に手鏡を覗《のぞ》き込む。

改めて、そこに映っている自分の顔は……いつも通りの自分だった。

老女の自分はどこにもいない。

「……はぁ〜〜……」

安堵《あんど》の息を吐くシスティーナ。どうやら自分が思った以上に、肉体的にも精神的にも疲弊していることに改めて気付く。

「もう……今朝、あんな夢見たからよ……まったく……」

深呼吸を繰り返して、息を落ち着かせようとする。

胸の動悸《どうき》を抑えようとする。

「あんな夢見たから……」

深く、ゆっくりと息を吸って、吐いていく。

目を閉じ、身体《からだ》の力を抜き、リラックスさせようとする。

だが。

「……あんな……夢……」

いくら、そうしても。自分をコントロールしようとしても。

胸の動悸は収まらない。呼吸はどんどん乱れていく。

全身から燃え上がるように湧き上がる焦燥が、システィーナの魂を焦がしていく。

「…………夢…………」

そして。

やがて。

「……う、ぁ、ぁぁ、ぁぁぁああああああああああああああああああああああああああああああああああ——ッ！」

ついに心の容量限界を超え、堪《こら》えきれなくなったシスティーナが、それらを全て吐き出さんとばかりに頭を抱えて机に突っ伏し、叫んだ。

「嘘《うそ》だッ！　あれは夢なんかじゃない！　現実なんだ！　これから先、私に待ち受ける確定した未来！　私を待つ未来の現実なんだ！」

それは、今朝、あの夢を見た時点でわかっていたことだった。

理屈ではない。

システィーナの存在が、魂が、そうだと確信したのだ。

あれは……あの夢の内容は、現実。

この先、システィーナを待ち受ける決まった未来。

抗《あらが》えない、逆らえない、運命だということを。

「理由はわからない……でも、私は識ってるの……絶対にああなるって……ッ！　私は結局、このまま一目も先生を見ることなく、一言も言葉をかわすことなく、一人寂しく死ぬ！　それが私の最期《さいご》なんだって……ッ！　ぐすっ……ひっく……ッ！」

涙が、嗚咽《おえつ》が、溢《あふ》れる。

もう、ずっと抑え込んできたものが、抑えきれない。

「嫌だ！　嫌だよぉ！　先生！　先生！　会いたいよ、先生！　どうして……どうして……ッ⁉　うわぁあああああああああああああああああっ！」


「どうしたの⁉　システィ⁉」

「システィーナ！　大丈夫⁉」


ばぁん！　と。

ルミアとリィエルが血相を変えて、システィーナの部屋に飛び込んでくる。

「一体、何があったの⁉」

「まさか、敵⁉　どこ⁉」

ルミアがシスティーナを抱きしめ、リィエルが周囲を鋭く警戒する。

そんな二人を前に。

「ルミア……リィエル……」

システィーナは涙に濡《ぬ》れる真っ赤に腫らした目を瞬《しばたた》かせて。

「ぐすっ……ううっ……うううう……」

そのまま、ボロボロと泣き崩れるのであった。

――――。


「そう……そんな……ことが……」

事情を聞いたルミアが、神妙な表情で目を伏せる。

寝台に腰かけ、力なくうなだれるシスティーナが、ぼそぼそと続ける。

「うん……たかが夢ごときで大げさなって……何をバカなことをって……そう思うかもしれないけど……でも、私……わかっちゃったの……」

システィーナの頰を伝う涙が零れ落ち、パタパタと寝台を濡らしていく。

「先生は……もう……きっと、この世界には……私達の所には帰ってこないんだって」

すると。

「そっか……システィも……なんだ」

ぼそり、と。不意にルミアがそんなことを零した。

「……ルミア？」

「私もね……なんだか……わかるの。先生はもう帰ってこないんだって。

とても言葉にし辛《づら》いんだけど……先生がもう二度と帰ってこないって……もう一生会うことはないって……私にはわかるの。識ってるの、」

見れば、ルミアの目からも涙が零れていた。

「本当に……なんだろうね？　未来の話なのに、もう随分と前からそうなるって識《し》っていたような……過去に何度も経験したことのような……本当になんだろうね……？」

「ん。わたしも……多分、グレンは帰ってこないと思う。……勘だけど」

リィエルもそのいつもの能面を、哀《かな》しそうに歪《ゆが》めている。

「……ルミア……リィエル……」

哀しそうな二人を、システィーナはそっと両手を広げて抱き寄せる。

かけてあげられる言葉は何もなかった。

と、その時だった。

「フン。揃《そろ》いも揃って女々しいこと。まぁ、女の子なんだけど」

不意に、室内にそんな苛立《いらだ》ち交じりの言葉が響き渡った。

部屋の隅に、突然、無数の光の粒子が立ち上って躍り、それらが寄り集まって、人の形を形成していく。

やがて、それらは質感と実体を持って、とある少女の姿へと結像する。

燃え尽きた灰のような銀髪の、ルミアそっくりの少女の姿へと。

「ナムルス⁉」

「フン、しばらくぶりね」

システィーナ達の下へゆっくりと歩いてくるナムルスは、いつもの《天空の双生児《タウム》》の衣装だ。

「い、一体、今までどこへ行ってたのよ、ナムルス⁉」

「そうだよ……あの戦いが終わったきり姿を消して……心配したんだよ？」

「うるさいわね、ただ準備していただけよ」

ツン、と。ナムルスはシスティーナとルミアの言葉を切って捨てる。

「……準備？　準備って何？」

「決まってるじゃない。この世界を去る準備よ」

特に隠し立てすることもなく、ナムルスはきっぱりと言った。

「こんなちっぽけな一世界で燻《くすぶ》ってたって、どうせあの男は帰ってこないわよ。そんなことより、こっちから追いかけて、捜しに行った方が百万倍もマシだわ。

幸い私は、グレンの契約神だし、なんとか彼に近づくことができれば、行方を探知することができるかもしれない。

まあ、それでも……この多次元連立世界の規模を思えば、広大な砂漠の中から、地図も羅針盤もなしに、特定の砂粒一つを探し当てるような作業だけど……やらないよりマシよ」

「……ッ！」

ナムルスの言葉に、システィーナがはっとする。

そんなシスティーナの様子には気付かず、ナムルスは続ける。

「とにかく。次元樹から次元樹へと渡るための『門』を開く儀式魔術の準備はできた。今夜、私は早速この世界から旅立つつもり。黙って出て行くのもアレだから、貴女《あなた》達に最後のお別れを言いに来たってわけ。

と、いうわけで、後は私に任せておきなさい。せめて、貴女達の寿命が尽きる前に、あのバカ主様《マスター》を、この世界に連れ戻してきてあげるから。

……ったく、感謝なさいよね、私に」

そう一方的に言い捨てて。

ナムルスが踵《きびす》を返《かえ》し、ゆっくりと消えながらその場を歩き去ろうとすると。

「待って」

消えて完全に実体を失う前に、システィーナがナムルスの腕を掴《つか》んだ。

「何？」

「駄目。やめて。行かないで、お願い」

懇願してくるシスティーナに、ナムルスが眉を顰《ひそ》める。

「……なんでよ？　アイツが戻ってくるかもしれないのよ？　貴女達にとっては願ったり叶《かな》ったりでしょう？」

「ナムルス……貴女は帰ってこない。ううん、帰ってこられない。だから……貴女がグレン先生に追いつくことはない。未来永劫《えいごう》」

「どうしたの？　予言者にでもなった？　馬鹿馬鹿しい」

ナムルスが一笑に付して、システィーナの手を振り払おうとするが。

システィーナは放すまいとより一層、ナムルスの腕を掴む手に力を込める。

「ちょっと、痛いわよ!?　放しなさいよ！　女の身体は柔なんだから――」

「ナムルス！　ねぇ聞いて！」

苛立つナムルスの顔を至近距離から覗《のぞ》き込んで、システィーナが言った。

「今、貴女、私達に最後のお別れを言いに来たって言ったわよね？

ひょっとしたら、貴女も予感……ううん、確信があるんじゃないの？

どう足掻《あが》いても、先生とは再会できない、帰ってこられない……そんな確信が」

「……ッ⁉」

その時、不意にナムルスの硬質な美貌に動揺と困惑が滲《にじ》む。

深く心理を読むまでもない。それは図星をつかれた表情だ。

「ひょっとしたら……貴女も何か、夢とか見なかった？」

「ゆ、夢？　夢ですって⁉　な、何を言い出すかと思えば馬鹿馬鹿しい！」

ナムルスは激しく否定するが、どうにも歯切れが悪い。

何か心当たりがあることだけは、最早《もはや》間違いなさそうだった。

「お願い、ナムルス……行かないで。早まらないで。

これ以上誰かを失うのは……もう私、耐えられないよ……」

そんなシスティーナの懇願に。

ナムルスはしばらくの間、目を伏せて押し黙っていたが。

「……じゃあ……どうすれば……いいのよ……？」

やがて、絞り出すように言葉を紡《つむ》ぎ始めて。

「じゃあ、どうすればいいのよ⁉」

火が点《つ》いたかのように、叫んでいた。

見れば、ナムルスは両の拳を固く握り固め、全身をぶるぶる震わせながら、泣いていた。

砕けんばかりに歯を食いしばり、憤怒《ふんぬ》と悲哀が嵐のように入り交じった形相で、システィーナ達を睨《にら》み付《つ》けている。

「ナムルス……」

「私だって……本当はわかってるのよ……ッ！　多分、このまま衝動に任せて、グレンを追いかけても、絶対に追いつけないって！　ついぞ再会することなく、どこかの世界で、私は惨《みじ》めったらしく、未練たらしく、無様に消滅することになるって……わかってるッ！

それでも……それでも、私は……ッ！　ぐすっ……うぅ……」

俯《うつむ》いて静かに嗚咽《おえつ》するナムルスの肩に、ルミアが優しく手を乗せる。

「どうしてこうなっちゃったんだろうね……まるで悪夢だよ……」

ルミアが誰にともなく呟《つぶや》いた。

「皆《みんな》、一生懸命がんばって……必死に戦って……やっと、平和と未来を勝ち取ったのに……一番、私達のためにがんばってくれた先生がいないなんて……なんだか終わらない悪夢の中にいる気分……こんなの……あんまりだよ……」

「…………………」

「本当に、全部……何か悪い夢だったら良かったのに……」

ルミアがそう零《こぼ》した、その時だった。

「……〝全部……夢だったら良かった……？〟」

システィーナが、何かに取り憑《つ》かれたように、それを復唱する。

すると、ルミアが哀しそうに、申し訳なさそうに言った。

「……ごめん、システィ。こんな言葉……私達のために一生懸命戦ってくれた先生に対する酷《ひど》い侮辱だよね……本当に、ごめんね……」

「…………」

だが。

システィーナはルミアの言葉には、応じず。

やはり何かに取り憑かれたかのように、それを見た。

このシスティーナの部屋の鏡台の上に放置してあった、それを。

「……システィ？」

何事かと目を瞬《しばたた》かせるルミアの前で、システィーナはフラフラと歩み寄り、それを手に取った。

それは——箱だ。箱、としか表現のしようがない。

材質は不明、不均整な形状をした箱で、まるで異形の生物でも象《かたど》ったかのような奇怪な装飾が、その表面に施されている。

その箱の名は【輝ける偏四角多面体《トラペゾヘドロン》】。

魔王フェロードが生み出し、狂える正義ジャティスが手を加え、今際《いまわ》の際《きわ》になぜかシスティーナへと託された遺物。

ナムルス曰《いわ》く——夢と現実の境界を弄る力がある、らしい。

「色々ありすぎて、今の今まですっかり存在を忘れていたけど……なんで……？」

なぜジャティスは、最後にこれをシスティーナに託したのか。

しかも、今のシスティーナ達の願望と、この得体の知れない箱の力に、どうにも奇妙な符合の一致がある気がする。

なぜ、こんなに都合良くこんなものが私の手にある？　一体、なぜ？

これは……本当に偶然なのか？

（まさか……まだ、あるの？　私達の識らない真理が？　この世界の真実が？）

システィーナには何もわからない。

が、ただ一つ、予感があった。

その予感が一体、何に起因するものなのか？

それを確かめるために、システィーナは震える手で、そっとその箱を開いた。

その瞬間。

カッ！

その中身――箱の内部から生える奇妙な形をした七つの支柱によって支えられている多面結晶体の宝石が、光を放って――その光がとある人物の姿を結像する。

品の良《い》い山高帽にフロックコート、奈落のような目をしたその人物は――

『やぁ、しばらくぶりだねぇ、グレンの教え子達』

「「「ジャティス⁉」」」

世界をたった一人で手玉に取り、窮地に追い込んだ最大最強の宿敵――狂える正義、ジャティス＝ロウファンであった。

ジャティスの姿を認めた途端、システィーナ達は弾《はじ》かれたように散開。

それぞれ魔力を高めて身構え、すぐさま臨戦態勢を取る。

が――

『ははは、そう身構えないでくれよ。今の僕が君達を害せるわけがないし、そんな気もあるわけがないだろう？　〝読んでいた〟とはいえ、少し哀《かな》しいなぁ』

ジャティスは戯《おど》けたように肩を竦《すく》めて薄ら寒く笑っていた。

よく見れば、ジャティスの姿に実体はなく、半透明だ。

どうやら、件《くだん》の箱の中に生前のジャティスが残した、残留思念による伝令役《メッセンジャー》のような存在らしい。

『しかしまぁ……これを君達が見ているということは、そうかぁ……僕、グレンに負けたんだなぁ……何度計算しても僕が勝つ確率１００％だったんだけどねぇ？

一体、どうして僕が負けたのか、まるで想像もつかないなぁ、くっくっく……それとも、僕、勝負には勝ったのかな？　戦いに負けて、勝負には勝ったとかそういう結末かな？

まぁ、それはさておき、本題に入ろうか？』

ジャティスの思念体が山高帽を深く被《かぶ》り直し、不敵な笑みを浮かべてシスティーナ達へと改めて向き直る。

「な、なんで、貴方《あなた》が……ッ⁉」

『なぜって、僕が自ら行動する理由など一つに決まってるだろう？　正義のためさ』

残留思念になってすらブレないジャティスに呆《あき》れつつも、システィーナはしばし、ジャ

ティスの言に耳を傾けることにする。

『僕の正義執行プランは二つあってね。

まず、一つ目。恐らく君達も知るところになったであろう通り、この世界を丸々炉に焼《く》べてグレンを超え、禁忌教典《アカシックレコード》を掴《つか》む。この僕自身が真なる〝正義の魔法使い〟となり、この世全ての悪の根源――すなわち《無垢《むく》なる闇》を断罪する。

これが一番平和で手っ取り早いはずなんだけどねぇ？　ただ、どうも君達にはお気に召さなかったらしい。なんでかなぁ？　あっはっは！』

正直、さっさと箱を閉じたい気持ちに駆られるが、我慢する。

『――で、万が一、億が一、兆が一、それが駄目だった時のために、もう一つだけ保険で道を残しておいたのさ。それがこの二つ目』

すると、残留思念のジャティスが大仰に肩を竦める。

『まぁ、正直な話、この二つ目……ぶっちゃけ無理だとは思うけどね。確率的にはあまりにも細い道だし？

とはいえ、この現時点で、すでに確率という数字など、まったく意味のない概念になり果てているだろうし？　まぁ、だったら君達に託してみてもいいかなって』

「貴方、一体何を……言って……？」

『……グレンを救いたいんだろう？』

いきなり核心を突くジャティスの台詞《せりふ》に、システィーナ達ははっとする。

残留思念の伝令役《メッセンジャー》に意思など存在しない。

ただ、予《あらかじ》め記録されていた情報を、自動で流すだけだ。

ジャティスは未来予知に近い行動予測ができる固有魔術《オリジナル》の使い手であり、ある程度、システィーナ達の反応を踏まえたメッセージを残すことができるのはわかるが。

グレンを救うという言葉が出てくるあたり、《無垢なる闇》の降臨まで知っていたことになる。

（そ、そんなの本当に可能なの？　ジャティス、貴方は本当になんなの？　一体、何を知っているっていうの……？）

思えば、禁忌教典《アカシックレコード》を巡る様々な真実や過去、因縁が明らかになった今、ジャティス＝ロウファンという男だけは、最後の最後まで謎だらけだった。

底の底がまるで見えなかった。深淵《しんえん》そのものだと言って良い。

死してなお、絶大なる畏怖を感じさせる宿敵に、システィーナ達が押し黙っていると。

『どうやら、聞く気になったようだね？　……まぁ、〝読んでいた〟けど』

思念のジャティスは、含むようにくっくと笑いながら、言った。

『さて、それではまず。次元の彼方《かなた》へ去っていったグレンを救うためには、この世界の一つの真実……真理、真の姿形を知る必要がある。それなくして彼を救うことは不可能だ。ちょっと長い話にはなるが、最後まで聞いて欲しいな。

そして、聞いた上で一体、どうするか？　それは君達次第、というわけさ』

そんな前置きをして。

緊張に押し黙るシスティーナ達の前で、ジャティスが滔々《とうとう》と何かを語り始める。

その驚愕《きょうがく》の真実とは――……

――――。

――後日、二年次生二組の教室にて。

「マジかよ？　信じられねえ」

システィーナが語った内容に対するカッシュの呟きは、その場に居合わせた者達全ての胸中の代弁であった。

「でも、事実よ」

壇上に立ったシスティーナが、その場に集った人達を見回しながら、毅然《きぜん》と言う。

今、この教室にいるのは二組の生徒達だけではない。

上級生のリゼや、ハーレイやフォーゼル、ツェスト男爵といった学院の主だった講師・教授陣など、システィーナが幅広く声をかけた人々が集まっていた。

「にわかには信じられないだろうし、私自身未《いま》だ半信半疑だけど……これがこの世界の真実。だとするなら、全てに辻褄《つじつま》が合う気がするの。

だって……今までの私達の戦い、思い出してよ？　私達はいつだって、あまりにも絶望的な状況で、針の穴を通すような勝利を摑んできた。一つ何かを間違えたら、全て崩れて台無しになるような……そんな戦いを何度も何度も乗り越えてきた。

幸いにも、私達は奇跡的にそれらを全部上手《うま》く乗り越えてきたけど……同時に、薄々こうも思わなかった？　出来すぎだって」

「それは……ッ！　だ、だけどよ……」

否定もできず、カッシュがそう戸惑っていると。

「確かに、この世界が貴様の言う通りのものだとするならば、一理ある……決して認めたくはないが」

ハーレイが眼鏡を押し上げながら、そう言い捨てる。

「だが、それが真実だとして……貴様は一体、どうする気だ？」

「当然、私はグレン先生を助けます」

システィーナはハーレイに毅然と応じた。

「そして、この馬鹿げた茶番劇の全てに幕を下ろします。私が望む本当の未来のために」

「………………」

「でも……そのためには、私一人では力が足りない。

だから！　ここにいる貴方達の力を貸して欲しいんです！」

そう言って、システィーナが皆《みんな》の前で頭を下げる。

「確かに、もう戦いは終わりました！　この世界は平和になりました！

もうこれ以上、私達が戦う必要なんて……何かする必要なんて本当はないんです！

そのために、先生はこの世界を去ったんですから！

でも、この平和は虚飾と偽りの上に成り立つ砂上の楼閣のようなものであり……何より
も、グレン先生がどこにもいないんです！

もちろん、先生がいようがいまいが、これから先もこの世界の平和は恐らく変わらない
し、何より貴方達の人生には何ら影響はないと思います！

だから、これは完全に、私の我《わ》が儘《まま》です！

グレン先生のために……今もどこかで私達のために、終わりなき因果の戦いを続けている先生を助けるために……どうか、皆の力を貸してください！」

すると。

「……私からもよろしくお願い、皆。どうか皆の力を」

ルミアもシスティーナの隣で頭を下げて。

「ん。わたしにはよくわからないけど……グレンを助けたい。みんな……だめ？」

リィエルも縋《すが》るように、一同をじっと見つめる。

「…………」

ナムルスも教室の隅で、黙って一同の様子を眺めている。そのいつものように冷たい瞳の端には、やはりどこか懇願のような光が宿っていた。

「「「…………」」」

対して、その場にいる者達は皆一様に重苦しく黙っていた。

別段、グレンを助けることに否定的なのではない。

だが、システィーナの言葉が真実であることを前提とするなら……やぶ蛇になるリスクがどうしても付きまとう。せっかく、摑んだ平和と未来が崩れてしまう可能性がある。

だからこそ、システィーナは〝我が儘〟と称したし、ただ頭を下げて頼んでいるのだ。

いくらグレンに大恩があるとはいえ、その二者択一は、人ならば迷って当然だろう。

だが——そんな彼らの迷いを吹き飛ばすかのように。


「フン。是非もないわね」

「ああ、そうだな」


そんな力強い言葉と共に教室の扉が開かれ、二人の男女が姿を現した。

一同の視線が一斉に、その二人へと集まる。

その二人とは——

「イヴさん⁉　アルベルトさん⁉」

システィーナの驚愕を余所《よそ》に、イヴとアルベルトの二人はズカズカと教室内に入ってくる。

一応、システィーナはその二人にも本日の集いへ招待する手紙を送っていた。

だが、復興作業に忙殺されているこの二人が本当に来てくれるとは思っておらず、目を瞬《しばたた》かせるしかない。

「話は聞かせてもらったわ。私は乗らせてもらうわ、その話」

「九を救うために一を切る……確かにそんな非情な決断を迫られる状況はある。だが、まだ一を切る選択をする段階ではない。……それだけだ」

「い、イヴさん……アルベルトさん……」

「フン。勘違いしないで欲しいわね。わ、私は別に……グレンがいようがいまいが、どうだっていいけど！　それでも、救世の英雄が実際にいてくれた方が！　これから先、アルザーノ帝国の未来の防衛とか復興とか……ええと、色々都合が良《い》いでしょ⁉　それだけ！」

つん、と腕組みしてそっぽを向くイヴに、システィーナは苦笑するしかない。

「それに……この話に乗るのは、何も俺達だけではない」

アルベルトが背後を振り返り、ちらりと目配せすると。

今まで、一同の死角だった位置から、一人の女性が現れ、教室へと入ってくる。

左右をバーナードやクリストフといった特務分室の面々に護衛されているその女性の姿に、一同はたちまち騒然とし始めた。

「「「じょ、女王陛下ぁああああああああああああ――ッ⁉」」」

そう、その女性は、現在このアルザーノ帝国で最も忙しい人物。

荒廃した帝国を復興するために秒刻みのスケジュールに追われて忙殺されているはずの、この国のトップ。

女王アリシア七世、その人であった。

慌てて敬礼しようとする一同を手で制し、アリシア七世は凛《りん》と告げた。

「このまま、空に挑んだ救国救世の英雄、グレン＝レーダスを失ったとして。全ての重責をグレン＝レーダス一人に押しつけ、肩代わりさせて。否――彼を、この世界の平和のための〝人柱〟にしたとして。貴方《あなた》がたは胸を張れますか？　祖先に。誇れますか？　子孫に」

「「「……ッ⁉」」」

思わず絶句する一同へ、さらにアリシアは堂々と続ける。

「この帝国のため、身を粉にして尽くしてくれた英雄を取り戻す機会を得ながら、このまま手をこまねいているなど帝国王家の、そして誇り高き帝国民の先祖末代にまでわたる恥です。

ゆえに、後の世に王家始まって以来の愚王と評されようとも、私はアルザーノ帝国女王として、此処《ここ》に勅命を下します。

〝皆で一丸となり、グレン＝レーダスを救いなさい〟。以上です」

そう言って、ちらりとルミアを流し見て、悪戯《いたずら》っぽくウィンクするアリシア。

（……お母さん……ありがとう……）

ルミアは心の中で偉大な母にただただ感謝するしかない。

そして、そんなアリシアの強い意志が秘められた言葉は、一同の魂を震わせた。

「……だよな……そうだ……ッ！　戦いはまだ終わってねえんだ……ッ！」

「ああ、終わったように見えて、まだ続いていた。根本的には、まだ何も解決してはいなかったんだ」

「その通りですわ！　私達はただ、その終わってない戦いの続きを、先生に肩代わりしてもらっているだけ……ッ！」

「終わらせようぜ、今度こそ本当に……俺達の手で終わらせるんだ！」

そんな風に盛り上がっていく生徒達に。

「み、皆……」

システィーナは目頭が熱くなるのを抑えきれない。

「今度ばかりは、貴女《あなた》が指揮官よ、システィーナ」

「俺達は駒だ。上手く使え」

「イヴさん……アルベルトさん……」

「もちろん、私も可能な限り協力いたしますわ。私の名を使えば、この国内においてはあらかたの無茶は押し通せるかと」

「じょ、女王陛下まで……」

様々な人達に後押しされて。

「システィ」

「システィーナ」

「……」

ルミア、リィエル、ナムルスに視線を向けられて、システィーナは力強く頷《うなず》いた。

「ありがとう、皆！

これが本当に、私達の最後の戦いよ！

絶対に先生を取り戻して、皆で文句の一つも言ってやろうじゃない！

作戦名は……そうね！　多分、これ以上に相応《ふさわ》しい名前はないわね！
そう、『機械仕掛けの神作戦《オペレーション・デウス・エクス・マキナ》』！　今ここに始動だわ！」

——こうして。
残された者達の後日譚《エンディング》が、今、静かに熱く、幕を上げるのであった——

第二章　旧神

――俺は、戦い続けている。
この無限の世界で、永遠に――

故郷の世界を旅立ってから、一体、どれほどの時間が経《た》っただろうか？

一体、どれほどの世界を渡り歩いただろうか？

一体、どれくらいの時を戦い続けたのだろうか？

もう、よく思い出せない――

主観的な時間経過は、二千年を超えた辺りで数えるのをやめた。

元々、それぞれの世界、それぞれの次元樹ごとに、時間の流れや軸はバラバラなのだ。

数えることに意味など、まったくなかったのだ。

故郷の世界で、どれだけの時間が経過したのか……神ならぬ俺には想像もつかない。

ゆえに、数えるのをやめてからも、俺はさらに戦い続けた。

気の遠くなるような長い時間を、数という概念が無意味になるほどの時間を、俺は世界から世界へ、次元を超えて、あらゆる時代を超えて、渡り歩き続けた。

《無垢《むく》なる闇》と戦い続けた――


ある時は、戦乱の時代。長らく血を血で洗うような戦争が続く世界で。

ある時は、遙《はる》か未来。人類が宇宙にまで進出している世界で。

ある時は、中世。騎士達が剣で誇りを語る世界で。

ある時は、魔法文明。科学が完全に駆逐され、魔法が支配している世界で。

ある時は、神代。人と神とが混在共存している世界で。

ある時は、科学文明。魔術が廃れ、高度な文明が発達した世界で。

どんな世界にも《無垢なる闇》は現れ……俺は、《無垢なる闇》を追い続ける。

《無垢なる闇》と戦い続ける。

そして——その全てに敗北し続けた。

俺と《無垢なる闇》の直接的な対決の結果のみを見れば、毎回痛み分けではある。

だが、俺がどう手を尽くしても、《無垢なる闇》は常に俺の一枚上をいき……結局、やつの目論見《もくろみ》通り、その世界は惨《むご》たらしく滅ぼし尽くされてしまうのだ。

俺は守れない。守りきれない。ゆえの敗北。

そして、《無垢なる闇》は、その世界の全てを滅ぼし尽くし、人の愚かさと、俺の滑稽さを散々嘲笑い倒した後……

〝鬼さん、こちら♪　手の鳴る方へ♪　クスクスクス……〟

と、言わんばかりに、あからさまに俺に痕跡を残して、次なる世界へと旅立つ。

俺も、次の世界でこそは……そう誓って、《無垢なる闇》を追い続ける。

たとえば——この世界もそうだった。

俺がようやく《無垢なる闇》を追って、やってきた時。

すでにこの世界は終わっていた。もう、何もかもが手遅れだったのだ。

——。

その世界は言うなれば、精霊の世界。

人々が大自然の中、精霊達と共に生きる世界。

実り豊かな自然と世界に満ちている豊富なマナ、そして、精霊達の加護の恩恵を受け、争いは何一つなく、全ての人間が手を取り合って豊かに、平和に、穏やかに、のんびりと暮らしていた……ある種の理想郷のような世界だった。

だが——そこに《無垢なる闇》がやってきた。

後は、お決まりのパターンだ。

《無垢なる闇》は、人の社会の裏側に潜り込み、人々の心の闇を抉《えぐ》り、増幅させて。

人々を疑心暗鬼にさせ、無意味に争わせ……平和だったその世界は、まるで嘘《うそ》のような修羅の戦国の世と成り果てた。

人の良き隣人たる精霊は、ただの兵器に貶《おとし》められて。

やがて——人間は精霊達の怒りを買い、天変地異と大災害の末に世界は滅亡した。

世界からマナは涸《か》れ果て、命は枯れ果て、人間は死に絶え、精霊は消え去り、草の一本すら生えぬ、涸れた砂漠の世界へと成り果てた。

そんな、最早《もはや》、戦う意義すらない世界にて。

ようやくやってきた俺は、《無垢なる闇》と対峙《たいじ》したのだ——

『来るのが遅かったですよぉ？　待ちくたびれましたよぉ？』

「野郎ォオオオオオ！」


見上げれば、赤く焼け爛《ただ》れた濁った空。

見渡せば、三百六十度、大パノラマで広がる灼熱《しゃくねつ》の大砂漠のど真ん中で。

俺と《無垢なる闇》は激突する。

俺は、空からこちらを見下ろす、とある少女の姿をした《無垢なる闇》へ向かって、光の速度で飛翔《ひしょう》していき——

「うおおおおおおおおおおおおおおおおお——ッ！」

手にした刀——《正しき刃《アール・カーン》》に壮絶な魔力を込めて、《無垢なる闇》へ振り下ろす。

『あははははっ！　あーっはははははははっ！』

《無垢なる闇》は、そんな俺の刃《やいば》を、全身から神速で伸ばした触手で防ぐ。

「ちぃいいいッ⁉」

『じゃあ、今回は少々遅かったですがぁ？　始めましょうか！　この世界における最終決戦ってやつをねぇ⁉』

そう言って、《無垢なる闇》は両手を広げて、全てを見下ろすように戦闘態勢を取る。

全身から無数の触手を伸ばし、何にでも転化する腐った瀝青《コールタール》のような〝無限の混沌《こんとん》〟を、その身に溢《あふ》れんばかりに纏《まと》う。

いつものように、俺と《無垢なる闇》の壮絶な戦いが始まった。

――――。

俺は戦った。

全力で、全身全霊で戦った。

今度こそ、この世界で、全てを終わらせるために。

せめて、その剣戟音《けんげきおん》が、救えなかったこの世界に手向ける鎮魂歌となるように。

俺は――いつものように、俺の全てをかけて戦い続けた。

「ぁああああああああああああああああああ――っ！」

振るう一太刀一太刀に、あらゆる物質を根源素《オリジン》まで分解する極光を漲《みなぎ》らせ、地の果てまで届く斬撃を振るい続ける。

『きゃははははははははっ！　きゃっはははははははははは――ッ！』

だが、その無限の斬撃を、《無垢なる闇》は、纏う混沌から発生する無数の触手で片端から叩《たた》き落《お》としていく――

衝撃が大気を震わせ、この世界をさらに崩壊させていく。

《無垢なる闇》の触手の何気ない一撃一撃が、全て超絶的な神秘による攻撃だ。

それは、周囲の時間と空間を歪《ゆが》め、光の速度すら超えている攻撃であり。

手元に生み出した虚空《こくう》の隙間に触手を突っ込んで、世界に存在するあらゆる隙間から、その突っ込んだ触手の先を伸ばして相手へと振るう、空間跳躍攻撃であり。

前後左右上下、ありとあらゆる方向からノー・タイムで飛んでくる零《ゼロ》距離攻撃であり。

あまつさえ、攻撃対象の近未来、あるいは近過去を直接攻撃する、四次元的に変幻自在な攻撃だ。

しかも、その触手には、触れただけで魂や存在、果ては魔術の術式まで腐り果ててしまう、猛毒の混沌が込められている。

それを、俺は時間と空間を操作して見切り、俺自身の存在時間軸を、瞬時に未来や過去へとズラして、触手との時間軸を合わせて斬り捨て、切り返していく。

混沌浄化と自動蘇生《そせい》魔術を駆使し、ダメージを無効化していく。

そんな、時間と空間と宇宙と生命の法則が乱れる地獄の戦闘空間の中で。

《無垢なる闇》は、いつものように楽しげに語りかけてくる。

『ところで、先～生？　貴方《あなた》、この世界の深淵《しんえん》の一端を知る者達から、今、何て呼ばれていますか知ってますかぁ？』

「知るかッ！」

言葉を返しながらも、俺は右手の刀で神殺の斬撃を仕掛け、左手から神滅の風魔術を放つ。

だが、《無垢なる闇》は、津波のように溢れ出す混沌で押し流しながら、世間話をするように言った。

『正体不明の神性、旧神《エルダー・ゴッド》《神を斬獲せし者》。それが今の貴方を表す真名』

「……うるせぇ……ッ！　クソどうでもいいわ、ボケ！」

黙らせるために、ありとあらゆる攻撃を叩き込むが、《無垢《むく》なる闇》のその口が閉じることはない。

『あらゆる世界、あらゆる時代を超えて、人のために戦い続ける〝正義の魔法使い〟。人でありながら、神の領域に到達し、ありとあらゆる邪悪な神々と戦い続ける、謎の神性。

原初特異点零、宇宙開闢《かいびゃく》の時より、エントロピーの極限界たる宇宙終焉《しゅうえん》の時まで、全ての次元において、人のために戦い続ける最も旧《ふる》き神の一柱――

ある意味、禁忌教典《アカシックレコード》の生き証人――それが、今の貴方』

「黙れ……ッ！」

『いやぁ、さっすがですねぇ！　禁忌教典《アカシックレコード》をひっくり返しても、貴方のような人間がいたなんて記録、過去悠久未来永劫《えいごう》ありませんからね！

ああ、道理でそこらの外宇宙の邪神どもが、悉《ことごと》く瞬殺されるわけです！

うわーん、怖いですぅ～～ッ！　私も、斬獲されちゃいそぉ～～ッ⁉』

「黙れッ！」

『そういえば〜？　これも知ってますかぁ？　貴方の真似《まね》っこする魔術師も、最近ぽつぽつ出始めたんですよぉ？

　多次元連立並行世界を渡り歩いて活躍する貴方の力を、どっかの世界の誰かが、無駄に人生を費やして解析し、纏めた魔導書……それが、色んな世界に出回り始めたんです！

　その魔導書の名前がもう傑作で、皮肉にも禁忌《アカシック》──』

「……黙れ……ッ！」

『ああ、そうそう、えーと、いつでしたっけ？　確か、私の主観時間で二千年くらい前かなぁ？　貴方が追いつけずに、私が弄んで滅ぼした世界の一つにもいましたよ？　貴方の熱心なフォロワー……ファンの御方《おかた》が』

「黙れ……ッ！」

『貴方にとっては、とても懐《なつ》かしい名前だと思いますけど、彼の名は高須──』

「黙れぇえええええええええええええええええ──ッ！」

　その口を塞ぐため、俺はさらに神滅の斬撃を放った。

　無限の剣閃《けんせん》が世界の果てまで翻《ひるがえ》り、この世界の一部を蒸発させる。

　だが──届かない。

　無限の剣閃は、《無垢なる闇》が神速で翻す無限の触手と混沌によって、悉く迎撃、撃ち落とされていく。

　このチート野郎……ッ！

『無駄ですって！　だって、長き時を経ることで、いくら魔術師としての位階が天元突破しても、なんだかんだで貴方は、私という存在本質をまるで理解できていませんもん！　そんなんじゃいくら貴方が強くなっても、私は滅ぼせませんよぉ～ッ!?』

「く、そ……ッ！」

　俺は、これまでの無限の旅路で培《つちか》ったあらゆる神秘を片端から、《無垢なる闇》へとぶつけていく。

　ぶちのめして下僕にした、外宇宙の邪神《紅蓮の獅子《クトガ》》を召喚する。

　同じく、《金色の雷帝《イドラ》》も召喚する。

　天地開闢《てんちかいびゃく》に匹敵する壮絶な熱量が、次元をも歪めるプラズマが、《無垢なる闇》を叩き伏せる。打ちのめす。

　だが、効いてない。

「ちぃいいいいいい――ッ！」

　懐中時計を取り出し、カチリと竜頭を押し込む。

　刹那、数百億年の内部時間が《無垢なる闇》へ流れる。

時間経過で滅びぬものは存在しない。

だが、それだけの時間の流れを超えても、《無垢なる闇》は滅びない。

『きゃっははははははははははははは――ッ！　次は⁉　ねぇ、次は⁉』

「うるせぇえええええええええ――ッ！」

空間を零次元へと圧搾《あっさく》する。殺せない。

〝死〟の概念を直接、《無垢なる闇》の存在本質へ書き込む。殺せない。

全方位から微 小 黒 孔《マイクロ・ブラックホール》を無限に叩き込む。殺せない。

何をやっても、殺せない、殺しきれない――……

『だから無駄ですってば！　本当に、無駄なことが大好きなんですねぇ⁉』

「うおあぁあああああああああああ――ッ！」

それでも、俺は戦い続ける。

殺せない相手を殺すために、ただひたすらにあらゆる刃を振るい続ける――

戦い続けて

……戦い続けて。

…………戦い続けて。

そして――……

『ありゃりゃ……そろそろ、この世界での戦いもお開きですかねぇ？』

「ぜーっ！　はぁー……ッ！　はぁー……ッ！」

《無垢なる闇》が辺りをキョロキョロ見渡しながら言った。

元々滅びを迎えていたこの世界は、俺達の全力戦闘で完膚なきまでに破壊し尽くされ、ボロボロにヒビ割れて砕け、世界の破片が虚無の虚空へと次々吸い込まれていく。

自己の存在を固着させて、足場とする〝世界〟がなければ、いくら俺達でも戦うことができない。

この世界での戦いは、もう終わったのだ。

『じゃ、私、そろそろ行きますね？　ウフフ！　次の世界で待ってますよぉ？』

「ま、待て……待ちやがれ！」

『へーんだ、待ちませーん！　まぁ、次は精々もっと早く来てくださいね！　早く来ないと、貴方が来る前にさっさと滅ぼしちゃいますから！　退屈ですし！』

「くそ……くそぉ……ッ！」

『あ、そうそう！　この世界での貴方、今までで一番弱かったですよ？

うふふ……そろそろ〝限界〟ですかぁ？

まぁ、そろそろ、〝そういう時機〟かな？　とは思ってましたけどね！』

「……ッ⁉」

『でも、もうちょっと気張ってくださいよ！　忘れましたか？　貴方が歩みを止めたら、私は貴方の故郷の世界を滅ぼしちゃうんですからね⁉

そういうゲームですし、貴方に追われている時に、貴方の故郷の世界に向かったら、貴方の故郷の次元樹座標が貴方にバレて、面白くな……

っと、うわぁ！　怖い！　怖い！　顔怖いですよぉ、先生⁉

てなわけで怖いので、私、さっさとこの世界から退散しまぁす！　それでは！』

そう言い残して。

《無垢なる闇》は、あっという間に消えていく。

完全に破壊されて崩壊していく世界の、その無数に出現した隙間、虚無の彼方《かなた》へと逃げ込み、姿を消してしまう。

「く、そ、がぁああああああああああ──ッ！」

俺は、必死にその後を追う。

滑稽に追うしかない──


──。


ずっと。

……ずっと。

……ずっと、その繰り返しだった。

さすがに心が折れそうになる。

一体、あと何回こんな戦いを繰り返せば、いいのだろうか？

だが、俺は折れるわけにはいかない。

俺が折れた瞬間……《無垢なる闇》は、懐かしいあの世界の、あの時代に降臨し……俺の大切な人達を破壊し尽くすのだろう。

それだけは、させない。

「大丈夫だ……まだ俺は大丈夫……なんてことはない……ただ、歩み続けるだけでいい……歩み続けるだけでいいんだ……」

その一念だけを胸に。

俺は、歩き続ける。

どこまでも歩き続ける。

どこまでも、どこまでも、どこまでも、歩き続ける。

今までも。

そして、これからもずっと……

第三章　とある少年と〝正義の魔法使い〟

——一体、どれほどの世界を渡り歩いただろうか？

——一体、どれくらいの時を戦い続けたのだろうか？

ありとあらゆる世界、ありとあらゆる時代を股にかけた、《無垢《むく》なる闇》との戦いの果てに。

グレンは、とある世界へと流れ着いていた。

その世界は……どこか懐かしい雰囲気だった。

グレンの故郷の世界と、よく似た文化、よく似た文明レベル。

ちょうど産業革命が始まったばかりであり、人々が未来と発展に向けて、何の迷いもなく全力で突き進んでいる……そんな時代。

同時に、公害や貧困、階級格差……様々な社会問題も徐々に浮き彫りになり始める頃だが、それすらも未来を目指す人々の熱狂的なエネルギーの前には、何の障害にもならない……そんな時代。

そんな世界に、グレンはやってきた。

《無垢なる闇》を追うままに。あるいは、誘われるままに。

グレンの故郷の世界の雰囲気にあまりにも似ているので、グレンは便宜上、この世界のことを『写し身の世界』と呼ぶことにした。

（……一見、平和そうな世界じゃねーか）

そんな世界の一角、とある片田舎の町の大通りを歩きながら、グレンは思った。

だが、油断はならない。

この世界に、すでに《無垢なる闇》がやってきていることは確実だ。

実際、グレンがざっと調べただけでも、明らかに裏側で《無垢なる闇》が糸を引いているだろうと思われる事件や現象が多発している。

この世界の誰もが気付いていないだろうが……底なしの悪意によって、着実に破滅への道を歩まされ始めている。いつのものように。

（しっかし、なんだ……本当に、俺の故郷によく似てるなぁ……まぁ、よく覚えてねえんだが。確か、こんな感じだったよなぁ……多分）

大通りを歩く周囲の人々、周囲の町並みを物珍しげに見回しながら、改めて思った。

人々が着用している衣服とか。

町並みを構成する家屋や建物の建築様式とか。

もうかなり記憶が色褪《いろあ》せているが、本当によく似ている……ような気がする。

ただ、グレンの故郷と決定的に違うのは、この世界では魔術がまったく発展していない、ということだ。

というより、魔術や魔法の類いは中途半端《ちゅうとはんぱ》な科学によって完全に存在を否定され、忘れ去られ、捨て去られた過去の遺物ということになっている。

〝マナ〟、〝星気光《アストラルライト》〟、〝生体磁気《マグネタイト》〟、グレンの元いた世界風に言うならば〝魔力〟……そういった霊的なエネルギー帯の希薄な世界に、よく見られる文化的現象だ。

（ま、潜伏には楽でいいんだけどな……）

グレンの今の出《い》で立《た》ちは、基本こそ、草臥《くたび》れたワイシャツにスラックスだが、まるで昔の放浪者のような襤褸《ぼろ》のマントを羽織り、フードを深く被《かぶ》り、腰に緩く湾曲した刀、背中に拳銃など、様々な魔術的武装を身に纏《まと》っている。

単純な見目も、故郷の世界にいた頃と比べて随分変わってしまった。

あまりにも長き時を経たせいか、伸びたグレンの髪は真っ白になり、瞳は真紅だ。

その肌や顔のあちこちに様々な魔術紋様が入っており、故郷の世界の人間が今のグレンを見ても、きっとグレン本人だとわからない……それほどまで変わってしまった。

まぁ、要するに今のグレンは、率直に言って不審者そのものだ。

だが、少しでも魔術の心得がある者ならば即座に看破できるレベルの暗示魔術を纏っているだけで、すれ違う誰もがグレンのことを気にしない。気付かない。無意識のうちに避けて、通り過ぎていくだけだった。

（さて……今回はどうしたものか……）

急がねばならない。時間はない。

少しでも早く効果的な一手を打たねば、たちどころにこの世界は《無垢なる闇》によって破滅の道を歩まされる。

否、間違いなくもうこの世界の破滅は始まっているのだから。

一刻も早く、グレンは方針を定め、動かなければならない。

だが。それでも。

（さすがに……疲れたな）

不意に、今まで意識してなかった疲労を感じ、グレンはため息を吐《つ》いた。

辺りを見回せば、ちょうどここは町の広場だった。

この町の人々の憩いの場であるらしく、散歩中の若者や家族連れなど、そこそこの人達で賑《にぎ》わっている。

広場の中央には、この町を象徴するらしい女神像が凛々《りり》しく剣を掲げた姿で聳《そび》え立っていた。

（あの女神像……うーん……どこかで見たことあるような……？）

思わずその女神像を見上げ、まじまじと見つめるグレン。

まぁ、人間である以上、文化や芸術の発展の方向性は、どんな世界でも一定の共通法則がある。住んでいる環境と時代が似ていれば、世界ごとにそこまで文化や芸術の発展の仕方に大きな差異はないことを、グレンは知っている。

きっと、以前、どこかの世界で同じような像を見たのだろう。

既視感の正体をそう結論して、グレンはその女神像の足下の台座に背を預け、足を投げ出すように座り込んだ。

（ふぁ……少しだけ……休むか……）

正直な話、今のグレンに睡眠や食事は必要ない。

それらはとっくに克服してしまった。

ただ、元々一個の生物の習慣として、たまにそれらを嗜《たしな》む程度だ。

目を閉じて、外界からの感覚を遮断し、しばし精神を休ませる……ただ、それだけの作業である。

身に纏う暗示のため、往来で座り込むグレンに構う者も咎《とが》める者もいない。いるわけもない。

（…………………）

そうやって、グレンがしばし、心の休憩を過ごしていた……その時だった。

「……ねぇ、お兄さんは、どこから来たの？」

不意に声をかけられて、少しだけ驚くことになった。

「？」

グレンは片目を開き、目深《まぶか》に被るフードの隙間から、いつの間にか目の前にやってきていた人物を見上げる。

少し気を抜いていたとはいえ、こんな至近距離にまで容易に近づかせてしまったことに、未《いま》だ自分は根本的には三流だな……と呆《あき》れながら、その人物をまじまじと観察する。

少年だった。恐らくこの町の住人の一人。

歳《とし》は十にも満たないだろう。裕福な家庭の子であるらしく、身に纏うスーツやタイ、靴は非常に上質なものだった。

（……ん？　おかしいな。俺、暗示切れてたか？）

なぜ、この少年はグレンの存在に気付いて、声をかけてくることができたのか？

（それに……）

グレンは改めて自分の姿を見る。

全身に纏う、いかにも古臭いボロボロのマント。腰に下げた刀剣。

やはり改めて見るまでもなく、どこをどう見ても、グレンは不審者であった。

わざわざ、こんないかにもな地雷に近づく人間など、いるわけがない。

だが、その少年は、なぜか興味津々《きょうみしんしん》といった感じで、グレンに話しかけてきたのだ。

思えば、〝人〟に声をかけられたのは、もう随分と久しぶりだ。

（えーと……この世界の、この国の言語は、確か……っと）

先日、さっさと覚えたこの世界の言語に、頭の中でカチリと切り替えて。

グレンは、その少年に向かって言葉を返した。

「俺がどこから来たかって？　そうだな……遠い所からだな」

「遠い所？　……海外？」

「……それよりも、さらに遠い、気が遠くなるほど遠い所だな」

グレンの回答は、少年にとって、いまいち要領を得ないものだったらしい。

キョトンと小首を傾《かし》げている。

(まぁ、そうだろうな)

と、グレンは内心苦笑いする。

実際、少年が自分だったとして、こんな説明じゃ何一つわからない。

かつて、人にものを教える〝教師〟を生業《なりわい》としていた自分が、なんていう体たらくか。

だが、〝この宇宙が無数の異世界、無数の平行世界、無数の時間軸と世界線を内包する次元樹と呼ばれる多次元連立並行宇宙世界である〟。

〝そして、自分はそんな次元樹を旅する放浪者である〟。

そんな真実を伝えたところで、この世界のこの文明の人間には、ただのファンタジー妄想野郎と思われるのがオチだ。

だから、グレンは特に深く語らず、そんな感じにふわっと誤魔化《ごまか》すことにした。

まぁ、俺の姿がもの珍しいので、少年時代特有の好奇心が警戒心より勝ったのだろう。

すぐに俺への興味は失《う》せる……そう思っていると。

「それ、変な格好だね。お兄さん、ひょっとして……魔法使い？」

グレンにはわからないが、その少年は余計、グレンに興味を持ったらしい。

不思議そうな顔で、なおもグレンに問いかけてくる。

（魔法使い……か）

魔法使い。この少年はそう言った。

繰り返すが、魔法・魔術といった神秘の概念は、この世界のこの時代にはない。

ここより遥《はる》か未来の世界で、高度に発達した科学によって存在を改めて証明されることになるかもしれないが……ここは、ちょうど中途半端に発展した科学によって、存在を否定されている時代。神秘の氷河期。

それは、この年頃の少年少女達にとっても、深く浸透した常識といっても差し支えないほど、神秘にとって逆境の時代だ。

だというのに、少年があっさりと真理を突き、微笑《ほほえ》ましく思う。

確かに子供の方が妖精や精霊を見やすいというのはあるが、常識という壁を超えて本質を見て、魂で感じ取ったものを言葉に表すのは、どれだけ才があっても難しい。

先ほど、グレンが身に纏う人払いの暗示を無意識に見破ったことも踏まえると、恐らくこの少年は、とても〝目〟が良《い》いのだ。

世界が世界だったら、時代が時代だったら、この少年はひょっとしたら、卓越した魔術師として大成したかもしれない。

「お？　お前、いい勘してるじゃねーか」

グレンは破顔して、その少年に応じた。

「よくわかったな、ご名答だ。実は俺、魔法使いなんだ」

「……へぇ、やっぱり魔法使いなんだ……」

冗談めかして言っても、少年はあっさりとそれを受け入れた。

グレンの言葉を何も疑っておらず、真実を得たと確信している風でもある。

この少年がとんでもなく幼く純粋無垢《むく》か、あるいは鋭く物事の真理を感じ取り、見抜く力を持っているか。

(多分、その両方なんだろうな……)

　グレンは、そんな気がした。


「その魔法使いのお兄さんは、なんでここにいるの?」

「ちょっと、この世界で、やるべきことがあってな」

「やるべきこと?」

「ああ」


　やはり、グレンは言葉を濁す。

　今、この世界は──危機に陥っている。

　あまりにも静かに、あまりにも密《ひそ》かに。

　この世界のどこかに、《無垢なる闇》が確実に潜んでおり、世界の滅びに向けて各地で暗躍している。

　実際、その暗躍の成果は、最近この世界のあちこちで頻繁している戦争や紛争、乱れた治安、禁断の兵器開発……という形で噴出し始めている。

だが、それを防ぎに来たと、この少年に伝えたところで一体何になるのか。

(別に、いたずらに不安がらせる必要はねぇな)

そう思って。

もう話は終わりだと、グレンは空を見上げ始める。

すると。


「寂しくないの？　帰りたくないの？」


不意に。

少年から、そんなことを問われ、グレンは今度こそ驚愕《きょうがく》に目を見開いた。

本当に、この少年は物事の本質や真理を見る目が鋭い。才能の塊だ。

もっとも、科学が神秘を駆逐しているこの世界では、何の役にも立たない才だが。

それでも、グレンは空に向けていた視線を少年へと戻し、ぽつりと返した。

「そうだな……正直、帰りてぇな」

「…………」

「俺はあまりにも長い時間、旅をしてた。あまりにも遠い所まで来ちまった」

「…………」

「故郷には、俺が全てをかけても守りたいと思えた連中がいたんだが……もう顔もよく思い出せねーし、そもそも、帰る方法も、帰り道もわからねえ。

まぁ、俺があいつらと会うことは……もう二度とねえんだろうな」


そう言って。

グレンは立ち上がる。踵《きびす》を返《かえ》してその場から立ち去ろうとする。

無駄話をしすぎたと、そんな自覚があった。

すると、そんなグレンの背中へ、少年はこれで最後とばかりに問いを投げてきた。

「……後悔は、ないの？」

「ないさ」

グレンは振り返らず答えた。

自分でも驚くほど、即答できた。

この問いかけに即答することができて、グレンは内心、ほっとしていた。

そう、俺は何も変わってない。

まだ、歩ける。歩み続けることができる。


「俺がこうすることで、あいつらを……あいつらの世界を守れるなら、後悔はない。

ただ、歩み続けるだけでいい。

だって、俺は──〝正義の魔法使い〟、なのだから」

「……〝正義の魔法使い〟……？　何それ？」


当然、少年はその言葉に、首を傾げている。

（バカに思われたかな？　まぁ、そりゃそうだろう。仕方ねえ）

大の大人が、臆面もなくそんなことを言えば、それは相当に痛いやつである。

だが、グレンは自身を誤魔化さない。グレンは自身の在り方を曲げない。

（たとえ、誰に指をさされ笑われようが、俺は──……）

「でも……なんだかよくわからないけど……お兄さん、格好いいね」

だが、不意に少年にそう言われて。
グレンは思わず足を止め、顔だけ振り返った。
改めて少年の姿をまじまじと観察する。
切れ長気味の灰色の瞳、灰色の髪。
まだ声変わり前の幼い少年ながら、見る者の目を引く端麗な美貌。
そんな少年が、どういうわけか憧れるような目で、グレンを見つめている。
(俺は、こいつを知っている……ような？)
もう思い出せないほど遠い昔。
いつか、どこか、遠い遠い世界で──……

「いや、まさかな……」

気のせいだ。気のせいに決まってる。
そんなバカげた妄想を振り払うように頭を振って。
グレンはもう振り返らず、少年を置いて、その場を立ち去っていくのであった。

――――。

もう二度と会うことはあるまい。

そう思っていた少年と、グレンが再会するのに、さほど時間はかからなかった。

――――。

不思議な少年と別れた後、グレンはこの『写し身の世界』を滅びから救うため、この世界中を旅した。

この世界のどこかに隠れ潜んでいる《無垢なる闇》の行方を追い続けた。

どうやら、この『写し身の世界』では、《無垢なる闇》は宗教を利用しているらしい。

急速に格差社会が広がる時代の変革についていけず、爪弾《つまはじ》きにされてしまった底辺の人々の不安や不満に満ちた心の間隙《かんげき》を突くように、世界中で急速に広まっている教団があった。

それが――『天の智慧《ちえ》派教団』。

どこかで聞いたことがあるような名前のその新興宗教団体は、〝この世界は近い未来、終末と滅びの時を迎える〟としており、それから救われるためには、《無垢なる闇》を唯一神として崇《あが》め奉《たてまつ》る必要があるという教義を掲げている。

そして、その《無垢なる闇》様の救いを受けるためには、《無垢なる闇》様に力を捧《ささ》げる大量の生贄《いけにえ》が必要であり、その名目で、各地で工作・破壊活動を公然と行っている、宗教とは名ばかりのテロリスト集団だ。

はっきり言って、陳腐この上ないクソ宗教である。

普通なら、間違ってもこんな胡散臭《うさんくさ》い宗派に嵌《は》まる人間など存在しないだろう。

だが——教団の教祖が《無垢なる闇》から授かったという奇跡の力——魔術を、大衆の前で実際に振るってみせたのならば、話は別だ。

この『写し身の世界』は、魔法・魔術の類いが迷信とされている世界である。

だが、急速な社会変革と発展によって生じる閉塞感や不安が、人々を強烈にオカルトへと傾倒させる時代でもある。

ゆえに、恐ろしいまでに効果覿面《てきめん》だった。

ただでさえ、魔術師とそうでない人間の格差は激しいのだ。

その絶望的な戦力差は、この時代の拙い火器や武器で埋まるものでは到底ない。

おまけに、『天の智慧派教団』の信者・信徒には、例外なくその魔術の力が教祖から与えられる。簡単にこの世界の基準でいう〝人外〟になれてしまう。

急速な時代の変化についていけず、閉塞感や不安を抱いている者。

底辺に追いやられ、成り上がりたい者。

単純に、魔術という深淵《しんえん》の神秘に魅せられてしまった者。

この宗派は恐ろしい勢いで広まっていき、地下勢力ながら、最早《もはや》、この世界の各国家権力すら手が出せない、この世界最大の暗部に育ちつつあった。

そして、信徒達は恐るべき魔術の力を振るって、各地で自身の欲望の赴くまま、好き勝手に暴れ回った。

無論、自分が救われるためなら、他者をいくらでも犠牲にしても良い……そんな腐った教えに靡《なび》く者ばかりではないし、むしろそういう心ある者の方が世の中の大半だ。

だが、そういった心ある者は……魔術という力の前に、あまりに無力であって、そんな一部の悪《あ》しき者達に食い物にされ続けるしかなかった。

最早、法や国家権力では、彼らを裁くことはできない。

ならば、誰が裁くか？

——グレンである。

────。


「本っ当に、お前らどうしようもねえな」

グレンは憤怒《ふんぬ》の目で、目の前の光景を睥睨《へいげい》していた。

そこは、とある大都市の地下に築かれた『天の智慧派教団』の総本山である大聖堂の、巨大中央礼拝堂。

グレンの眼前には、目を覆わんばかりの退廃と大罪の光景が広がっている。

床に大きく描かれた巨大な魔術法陣。

その上にまるでゴミのように散らばった無数の罪なき民衆の死体、死体、死体。

それを取り囲んで、奇妙な祈りを捧げていた大勢の信者達が、一斉にグレンを振り返って見つめている。

その爛々《らんらん》と狂気的に輝く瞳には、例外なく罪の意識など微塵《みじん》もない。

あるのはただ、自分達の神聖なる祭儀を邪魔されたことに対する苛立《いらだ》ちと、突然の闖《ちん》入《にゅう》者たるグレンに対する敵意だけだ。

「きっ、貴様は何者だ⁉」

礼拝堂の一番奥──祭壇の前で。

一際豪奢《ひときわごうしゃ》な法服に身を包んでいる小太りの中年男が、グレンに対してそう叫んだ。

「お前が『天の智慧派教団』の大教祖……アレクセイか」

「なっ、何ぃ⁉ なぜ、それを⁉」

大教祖──アレクセイが泡を食ってグレンに問い返す。

「いや、そもそも貴様、何者だ⁉ 一体、どうやってこの大聖堂へと侵入したッ⁉ この大聖堂には、我々《無垢《むく》なる闇》様の信徒以外の侵入と発見を阻む、隠蔽結界が仕掛けてあったはず……ッ！」

「あの低位階《レベル》の隠蔽結界で一体、何を隠したつもりなんだよ？」

グレンが、アレクセイに向かって歩き始める。

「バカ野郎が……たかだか、その程度の力に魅せられ、溺れやがって……本っ当に、バカ野郎どもが……」

その時、グレンの風体を改めて見たアレクセイが気付く。

「そ、そうか！ その姿に……その刀……ッ！ 貴様が……あの御方《おかた》、我らが救世主たる《無垢なる闇》様が仰《おっしゃ》っていた男、《愚の悪魔》か……ッ⁉ 各地で我々の支部と信徒を片端から潰しているという……ッ⁉

神を……《無垢なる闇》様を付け狙う許しがたき大罪人……ッ！」

「知るかよ」

グレンは刀──《正しき刃《アール・カーン》》を抜いた。

「正直……お前らみてえな付け焼き刃のド素人《しろうと》を、この俺が直々《じきじき》に潰すのはなんつーか……大人げねえにもほどがあるとは思ってる。

《無垢なる闇》に唆《そそのか》されなきゃ、もう少しマシな人間だったのかもなって気もする。

だが、お前らはすでに、人として越えちゃならねえ一線を大きく越えて、おまけにタップダンス踊りやがった。

お前らの勝手な理屈で、今まで一体、何人殺した？　どんだけの人を苦しめた？

ふざけんな、容赦しねえ。覚悟しろ」

すると。

「ふふふ……くくく……ははははははははははははははははは！　飛んで火に入る夏の虫とはこのことだ！」

アレクセイが盛大なる高笑いを始めた。

「知らなかったか!?　《無垢なる闇》様に楯突《たてつ》く貴様は、異端大罪人として、我々の粛清対象だったことを！

だというのに、素直に隠れておれば良いものを、わざわざ自ら赴いてくるとは！　なぜ《無垢なる闇》様はこのような愚鈍を警戒しておられるのか！」

　すると、周囲の信者達も口々に言い始める。

「大教祖アレクセイ様。彼はきっと、我々が《無垢なる闇》様から授かった〝力〟のことをよくご存じないのでしょう、哀れなことです」

「無知は罪。ゆえに愚者は赦《ゆる》され難《がた》き大罪人なのだ」

「我らが神の名において、貴様を処断してやろう」

「うふふ……偉大なるアレクセイ様がその御手《おて》を、このような愚者の血で汚される必要はございませんわ」

「我々《四聖人》にお任せくだされ」

「それでは、宗教裁判を始めましょうか。異端審問官は我々《四聖人》が直々に務めてさしあげよう。判決は死刑。光栄に思って逝《ゆ》け」

　グレンの行方を阻《はば》むように、やはり豪華な法服を纏《まと》った四人の男女が現れる。

「ククク、貴様も運のない男よ、《愚の悪魔》」

　そんな様子を見て、アレクセイがあざ笑った。

「よりにもよって、《四聖人》がたまたまこの大聖堂に集ったタイミングで、仕掛けてくるとは……知らぬのか？　《四聖人》とは、《無垢なる闇》様から力を授かった信者達の中でも、特に強大な力を持つに至った選ばれし者達だということを……ッ！」

「いや。いちいち、各地を探し回って潰すの面倒だったんで……」

「フン、口の減らない男よ」

そうこうしている間に。

無数の信者達に逃がさぬとばかりに隙間なく取り囲まれる中、《四聖人》の男女達が、グレンの前後左右に陣取った。

「ほう？　なるほど……貴様、どこで学んだか知らぬが、貴様も我々と似たような〝力〟を持っているようだな？」

グレンの正面に立つ男が言った。

「フッ……ならば、無知なる貴様に教唆してやろう！　それこそが〝魔術〟というものだ。今の世では否定され、失われてしまった、この世界の真理の力だ！」

グレンの背後に立つ青年が言った。

「うふふ、道理で自信満々って感じねぇ……でも、貴方《あなた》三流よ。わかる？　貴方の魔力……私達の下《した》っ端《ぱ》連中よりも低いわよ？　才能なかったのね、可哀想《かわいそう》に」

グレンの右側に立つ女が言った。

「貴方も少しは魔導に身を置く者なら、わかりませんか？　僕ら、選ばれし《四聖人》と、貴方の魔力量の絶対的な差を。埋めがたいほどに隔絶した格の差を」

グレンの左側に立つ少年が言った。

すると。

「素人がごちゃごちゃうるせえ！　やんならさっさとかかってきやがれ！」

グレンが苛立ったように一喝する。

そんなグレンの態度は、自身らの〝力〟に絶対的な自信を持つ《四聖人》達の神経を、激しく逆なでしたらしい。

「身の程知らずが……後悔させてやるぞ」

「本当にバカな人。私達一人一人の力は、軍の一個小隊にも匹敵するというのに」

「救いようがありませんね、愚者というやつは」

「ククク、どうかご安心を。我々に逆らうことがいかなる罪を招くのか……愚かな民衆共にわからせるため、貴方の遺体は無様にさらして差し上げますから」

そう苛立ったように言い捨てて。

《四聖人》達がグレンへ左手を向け、一斉に呪文を唱えた。

「《紅蓮《ぐれん》の獅子《しし》よ・憤怒のままに・吼《ほ》え狂え》！」

「《猛《たけ》き雷帝よ・極光の閃槍《せんそう》以《もっ》て・刺し穿《うが》て》！」

「《白銀の氷狼《ひょうろう》よ・吹雪纏《まと》いて・疾駆け抜けよ》！」

「《集え暴風・戦槌《せんつい》となりて・撃ち据えよ》！」


途端、魔術が起動され、その威力がグレンを襲う。

超高熱の火球が、鋭き紫電の雷閃《らいせん》が、極低温の凍気と氷礫《ひょうれき》が、超威力の風の砲弾が、至宝から狙い過《あやま》たずグレンを殴りつけ、叩《たた》きつける。

大爆発。大音響。

上がる周囲の信者達の歓声。

「やったか。しかし、フフフ……やりすぎだぞ、お前達。それでは塵《ちり》も残るまい？」

アレクセイがニヤリと笑って。

やがて、その場に立ちこめていた大量の煙と粉塵《ふんじん》が、ゆっくりと収まっていく。

次第に、その中心に佇《たたず》む人影の姿がはっきりとしていく。

その人影の正体は当然、グレンだ。

魔術の威力で渦巻く風に襤褸《ぼろ》のマントをバサバサはためかせているものの、傷一つない。

「……な……」

「ばっ……バカな……ッ⁉」

「わ、私達の術をまともに食らって、無傷ですって⁉」

驚愕《きょうがく》に表情を歪《ゆが》めるアレクセイや《四聖人》達を余所《よそ》に、グレンは呆《あき》れ顔《がお》で深いため息を吐《つ》くしかなかった。

「……なんだこりゃ？　俺の故郷の世界の新兵達よりなってねえ。

まぁ、元々魔術の存在しねぇ世界の付け焼き刃なんざ、そんなもんだろうが……」

ガンッ！　グレンが苛立ち交じりに刀で床を叩く。

「浮かばれねえ！　こんな子供欺《だま》しに引っかき回されてるこの世界と、無差別に殺されまくってるこの世界の住人達が……マジで浮かばれねぇッ！　くそがッ！」

そして、グレンは無造作に刀を横一文字に振るった。

その瞬間、《四聖人》達は、瞬時に斬り捨てられた。

今、グレンが行使したのは、空間操作と量子世界の重ね合わせの魔術だ。

空間を操作することで刀の間合いを無視し、四手の斬撃を放つ四つの可能性の量子並行世界を、この世界で一つに重ね合わせることで、ただの一振りで四人を斬ったのだ。

（ま、リィエルの〝光の剣閃《けんせん》〟に比べりゃ児戯だがな……）

一方、アレクセイや信者達の衝撃と驚愕は最早《もはや》、驚天動地そのものであった。

「ひいっ⁉　きっ、貴様ッ⁉　い、い、今、一体、何をしたぁ⁉」

「そ、そんな……《四聖人》様達が、一瞬で……ッ⁉　う、嘘《うそ》だ……ッ⁉」

彼らにグレンが行使した術など、理解できるわけがない。

グレンとこの世界の魔術師達では、単純に魔術師としての位階が違いすぎるからだ。

当然、グレンは詳しく説明してやる気も義理もない。

無敵の《四聖人》達があっさりとやられて大混乱と大恐慌《だいきょうこう》に陥り、我先にと大聖堂の出口を目指して逃げ惑う信者達。

そんな彼らをガン無視し、グレンはアレクセイへと詰め寄った。

そして、怯《おび》えて震えるアレクセイの胸ぐらを掴《つか》み上げ、睨《にら》み付《つ》ける。

「ひ、ひぃいいいいいいッ⁉」

「おい、てめぇ。質問に答えろ。いいか？　バカなお前らがありがたがって、崇《あが》めまくってる《無垢なる闇》はどこにいやがる？　何を企《たくら》んでやがる？

さすがにあいつにマジで隠れられると、まったく探知できねえんだよ」

「そ、それを知ってどうするつもりなのだ……ッ⁉」

「ぶっ殺すに決まってんだろ！　お前、わかってんのか⁉　お前ら極上の特バカ共があいつに従えば従うほど、この世界は滅びに向かってんだよ、なんでもいいから答えろ！」

それを防いでやるって言ってんだぞ⁉

「ふ、ふふふ、ふざけるなっ！　だ、誰が貴様のような愚者に、我らの神の場所と大いなる意思を教えるものか……ッ！」

当然、グレンは口から聞き出すつもりはない。

質問はあくまで形式的なものだ。

元々、アレクセイの心の中を直接、覗《のぞ》き込んで暴《あば》くつもりだったのだ。

ゆえに、グレンはすでにアレクセイから知りたい情報は完全に入手していた。

アレクセイにまともな閉心術や精神防御力などない。まる見えだったのだ。

だが――……

「なん……だと……？」

その驚愕の内容に、グレンは唖然《あぜん》とした。

アレクセイや信者達など問題ではない。今のグレンにとってはあまりにも小物すぎる。

だが――その背後で糸を引いているのは究極のトリックスター《無垢《むく》なる闇》。

グレンは、この世界でもまた、自分がやつの掌《てのひら》の上で踊らされていたことに……今、ようやく気付くのであった。

「クソがッ！」

グレンはアレクセイを突き飛ばすと、ぼそりと呪文を口走り、虚空《こくう》に門を開く。

そして、空間を超越して、その場所へと向かうのであった——

——。

「くそが……なんてことを……なんてことを考えやがる！」

無限の星々が激流のように後方へ駆け流れていく、空間跳躍の最中で。

グレンが歯がみしながら、吐き捨てる。

《無垢なる闇》のこの世界における目的。滅亡方針。

それは——外宇宙とこの世界を隔てる〝存在の壁〟を取っ払ってしまうことだった。

つまり、この世界を、外宇宙の悍《おぞ》ましく冒瀆《ぼうとく》的な怪物達や邪神達が、自由自在に行き来できるようになってしまうということだ。

そんなことになれば、どれほどの恐怖と絶望が、この世界を蹂躙《じゅうりん》することか。

その瞬間から、この世界の人々に昼夜問わず一切の安寧などはありはしない。

人間にはどうしようもない絶対上位存在たる化け物達から、息を潜めて隠れ潜み、怯え過ごさなければならなくなってしまう。

いっそ、どこかの世界では定番の核融合反応を利用した物理兵器で、一瞬で全て焼き尽くされ吹き飛ばされた方が、まだ救いがある。

そんな人々を守りきるには……いかに今のグレンといえど、この世界はあまりにも広すぎたのである。

(そして……その儀式が行われる場所と時間は……ッ！　くそぉ、間に合え……間に合ってくれ……ッ！)

そう心の中で、自分が神の末席であることも忘れて祈りながら。

グレンは、空間を跳躍し、目的地へと急ぎ向かう。

その場所とは――……

――。

――。

――。

その日。その時。その場所で。

僕は、運命と出会う。

いとも、大いなる――

いとも、善なる――

いとも、気高く――

げに――眩《まばゆ》き。

――。

『キャハハハハハハハハハハハハハハハハハハハハ！　キャーッハハハハハハハハハハハハハハハハハハハハハハハハハハハハ——ッ！』

耳が腐り落ちそうな汚い美声の高笑いが、どこまでも果てしなく響き渡っていた。

赤い。全てが赤い。

真っ赤な空。真っ赤な大地。

あんなに純朴で綺麗《きれい》だった町が、粉々に砕け、バラバラに裂けて、燃えている。

全てが燃えて、燃えて、燃え上がっている。

そんな全てが終わった世界の中心で、僕は力なく横たわっている。

バラバラに倒壊した、この町の象徴たる『正義の女神像《レディ・ジャスティス》』に抱かれるように……僕は横たわり、空を見上げている。

灼《や》けた空の真ん中には、人の形の姿した〝ナニカ〟がいた。

この破滅の世界を生み出した、〝ナニカ〟が。

あの〝ナニカ〟は、突然、遙《はる》か彼方《かなた》の空よりやってきた。

僕にはよくわからなかったけど、あの〝ナニカ〟が、空で〝何か〟をして……それで僕の世界は、常識は、終わりを告げた。

何が起きたか、まるでわからなかった。

ただ、気がつけば……昨日まで平和だった、僕の故郷はこのザマだった。

(アレは……一体、なんなんだろう……？)

確かに、アレは人の形をしてはいる。一見、可憐《かれん》で可愛《かわい》らしい少女だ。

だが――その姿は常に千変万化し、異形の触腕、異形の鉤爪《かぎづめ》、混沌《こんとん》に渦巻く顔のない頭部……その真実の姿を、いくら凝視しても理解・認識することができない。

そして、見ているだけで、自分の正気が壊れていくことがわかる。自分の心がボロボロと崩れていくのがわかる。

それでも、僕はその〝ナニカ〟から目を離せなかった。

この僕達の有様《ありさま》を見て、あざ笑い続ける〝ナニカ〟。

僕はただ、自分の魂に焼き付けるように……その〝ナニカ〟を、朦朧《もうろう》とした意識で見据え続ける。

(アレは……きっと……〝邪悪〟だ)

僕は漠然とそう思った。

きっと、この世界には、自分達人間の及ばぬ天の領域に、根本的に僕達人間の敵である〝真の邪悪〟というものが存在したのだろう。

理由なんてない。最初からそういう存在という掛け値なしの、純度100%の悪。

深淵《しんえん》の底の底までどす黒い、煮詰まった、極まった邪悪。

あの〝ナニカ〟が、きっとそれなのだ。

そうでなかったら、あの〝ナニカ〟をどう説明すればいい？

あの〝ナニカ〟は、この滑稽な僕達を見て今も高らかにあざ笑っているが、それは下等な僕達を見下しているわけでも、苦しむ様を見て愉悦しているわけでもない。

それは——愛しているがゆえの、祝福の笑いなのだ。

〝苦しんで、のたうち回って、死んで、おめでとう！〟……そう言っているのだ。

そんなものが。

そんなものが、〝邪悪〟でなくて、一体、何という？


(でも……もう、どうでもいいか……)


僕は死にかけている心で、そう思った。

皆《みんな》、死んだ。死んでしまった。

正義を貫く正しい人になりなさい、と教えてくれた父さんも。

誰かの力になれる優しい人になりなさい、と教えてくれた母さんも。

僕を慕ってくれた可愛い妹も。

友人達も、隣人達も、顔見知り達も、皆、死んだ。

皆、そこらへんで、最早《もはや》、誰が誰だかわからない肉片になって、ブチまけられている。

この僕がまだ五体満足なのは、ただ、運が良かっただけだ。

だが、どうでもいい。

皆が死んだと同時に、世界が終わったのと同時に、僕の心も死んでいた。

僕ももうすぐ死ぬ。怖いほど血が止まらない。

どんどん、寒く、気が遠くなっていく。

空の〝ナニカ〟の周囲空間には、たくさん隙間のようなものが出来上がっていて、そこから複数種の深海魚を強引に混ぜ合わせたかのような、不定形で理解不能の悍ましき化け物が、次から次へとボトボト、こっちの世界へと零《こぼ》れ落《お》ちてきている。

聞いているだけで耳が腐るような奇怪な声を上げて、キチキチと牙と爪を鳴らす、冒瀆的な怪物が次々とこの世界に産声《うぶごえ》を上げ、辺りに蠢《うごめ》き始めている。

最早、指一本動かせない僕の下へ、怪物達の気配が迫ってくる。

だけど。

もう、どうでもいい。
どうでもいいんだ……
僕が、心の中で最後にそう呟《つぶや》いて、そっと正気と意識を手放そうとした……
……まさに、その時だった。
その時、僕は見たのだ。
――絶対的な〝正義〟を。

「ぅおおおおおおおおおおおおおおおおおおお――ッ！」

それは、本当に唐突だった。
その人は、僕が見上げる前で、天を割って舞い降りるように現れた。

「《無垢《むく》なる闇》……ッ！　てんめぇえええええええッ⁉　よくもやりやがったなぁああああああ――ッ⁉」
『キャッハハハハハハハハハハ！　随分と遅刻しましたねぇ？　先生？　くすくすくすくすくす……私の可愛い信者さん達がせっせと集めた生贄《いけにえ》を使って、私はもうとっく

に目的を果たしちゃいましたよ～っ⁉

世界中の人達に、外宇宙的恐怖をプレゼント！　誰も彼もがスリリングでエキサイティング、死と灰が隣り合わせな青春の日々が楽しめちゃう新感覚新世界の誕生です！

どうですかぁ⁉　今回のこの趣向⁉　面白いでしょ――ッ⁉』

「野郎……ッ！　ふざけやがって……ッ！」


天より舞い降りたその人は激しい憤怒《ふんぬ》をもって刀を抜き、灼けた空を舞台に、その真なる〝邪悪〟と戦い始めた。

それはそれは壮絶だった。天地開闢《てんちかいびゃく》の時を見ているようであった。

まるで、絵本か戯曲か小説か神話で語られるような、その光景は。

掛け値なしの強大な恐怖と絶望へ、厳然と立ち向かう、その人の姿は。

家族を喪《うしな》った悲しみも忘れさせ。

隣人を喪った悲しみも忘れさせ。

友人を喪った悲しみも忘れさせ。

国を、世界を喪った悲しみすらも、僕に忘れさせた。

自分自身を失ったことすら、僕に忘れさせた。

その神話のような戦いは、ただただ美しく――僕の心を捉えた。

あの吐き気のするように悍《おぞ》ましき、深海の底のように暗き混沌の絶望を前に、一歩も引かず戦い続けるその人の後ろ姿は――涙が出るほど美しかった。


『おやおや、随分と温《ぬる》いですねぇ？　やっぱり、もう〝限界〟ですかぁ？

それ、せーのぉ、どーんっ！』


「――ッ!?　ぐうううううううううう――ッ!?」


〝邪悪〟の振るう触手の威力に、その人が大きく弾《はじ》き飛《と》ばされる。

空中でくるりと体勢を立て直して――飛んできて――

偶然、その人は僕の傍《かたわ》らに着地した。

僕の視界に、ばさりと広がる襤褸《ぼろ》のマント。

その人の背格好と横顔に、僕は見覚えがあった。


「お、お兄さん……？　あの時の……」

「……ッ!?　お、お前……？」

その時、初めて僕という存在に気付いたかのように、お兄さんは僕を振り返る。
そして、見ていて可哀想《かわいそう》になるくらい、申し訳なさそうに目を伏せて、言った。
「すまねえ。本当にすまねえ。こうなったのは……全部、俺の責任だ」
そう言って。
お兄さんは、僕に背を向け、空を見上げる。
空で高笑いを続ける〝邪悪〟を、真《ま》っ直《す》ぐに見据える。
〝邪悪〟には屈せぬ、と。
〝邪悪〟を滅ぼす、と。
決して〝邪悪〟を赦《ゆる》さぬ、と。
そう揺るぎなき意志と決意を背中に負って、お兄さんは〝邪悪〟と対峙《たいじ》する。
そんなお兄さんへ、僕は聞かずにはいられなかった。
「お兄さんは……一体、誰？　何なの？」
すると。

お兄さんは、あっさりとこう返してくる。

「前にも言ったろ？　俺は――〝正義の魔法使い〟だ」

その時。

僕は悟った。理屈ではなく魂で理解した。

この世界に、掛け値なし純度１００％の〝邪悪〟が存在するならば。

その対極――絶対的な〝正義〟もまた存在することを、僕はその時、識《し》ったのである。

「ここで会ったが百年目だ！　お前は絶対、ここでぶっ倒す！」

『あっはははははは――ッ⁉　その台詞《せりふ》、何百万回目でしたっけぇ⁉　ま、いっかぁ、やってみてくださいよぉ⁉　できるものならねっ！』

そんな前口上の後、〝正義〟と〝邪悪〟が、空で再び戦い始める。

正直、僕には何が起こっているのか、さっぱりわからない。理解できない。

ただ、空が激しく明滅し、大気が震え、大地が悲鳴を上げ、二人が激しく激突していることだけがわかる。

頭ではまるで理解できないけど。

この僕の〝目〟だけが、二人の壮絶なる戦いを、なぜか理解している。

そうして。

僕は、お兄さんの戦う姿を、その背中を。

無我夢中で、取り憑《つ》かれたように見つめ続けた。

いつまでも。

――いつまでも――

第四章　崩壊した世界で

その時、その村の人々を支配していたのは、ただただ恐怖と絶望であった。


「ひぃぃぃぃぃいっ⁉」

「嫌ッ！　嫌ぁあああああああああ──ッ！」

「た、助けてくれぇえええええーッ⁉」


辺境の寒村に悲鳴が乱舞し、人々が逃げ惑う。

そんな人々を、空飛ぶ無数の怪物達が、無慈悲に追い回していた。

その怪物の全長は人間の子供ほど。一見、甲殻類のような姿であり、渦巻き状の楕円《だえん》形の頭には突起物が幾つも生えている。鉤爪《かぎづめ》のついた手足を多数持ち、背中には蝙蝠《こうもり》のような一対の翼があり、物理法則を無視して、飛び回っている。

見ているだけで正気が削れていくこの奇怪な怪物は、あの日の〝大災厄〟以来、この世界に出現するようになった怪物達の一種だ。

なぜか、人間の脳を好んで摘出《てきしゅつ》して硝子《ガラス》容器に保管し、どこかへ持っていくという、人間には理解不能な習性を持つ、正真正銘の化け物であった。


「きゃあっ⁉」


逃げ遅れた娘が足をもつれさせ、倒れ込んでしまう。

当然、それを見逃す怪物達ではない。

今日の獲物とばかりに、空飛ぶ怪物達が一斉に娘へと殺到する。

そして、瞬時に怪物達に包囲されてしまう娘。

「い、嫌……嫌ぁ……ッ！　誰か……誰か助けてぇええええええ——ッ！」

娘がぐしゃぐしゃに泣きながら、半狂乱で救いを求める。

だが、それに応える者はいない。

皆、自分が無事に逃げ延びることだけで、精一杯だからだ。

「ひ、ひぃ……ッ⁉」

怯《おび》えて、腰が抜けて何もできない娘へ。

空飛ぶ怪物達が、レコードの逆再生音のような意味不明な奇声を上げて、鉤爪を振り上げて、殺到した——その時だった。

斬！


当然、娘の周囲の空間に、無数の剣閃《けんせん》が翻《ひるがえ》り、娘に迫り来る怪物達を悉《ことごと》く両断した。

「……ッ⁉」

娘が、はっと顔を上げれば。

いつの間にか、一人の青年が傍らに立っていた。

襤褸のマントを纏《まと》い、右手に刀を提げた青年だ。

「下がってろ」

娘が見上げる前で、青年——グレンは火打ち石式拳銃《フリントロック・ピストル》を抜く。

何事か呪文を呟《つぶや》くと、その拳銃に魔力が漲《みなぎ》って。

そして、空に向かって発砲。

大音響の銃声と共に、大口径の銃口から弾丸が吐き出され、それが超高熱の火炎を纏って、村中を変幻自在に飛び回る。

弾丸はまるで赤い流星のように駆け抜け、村を襲っていた怪物達を次々と、片端から撃ち抜き、撃ち落とし、爆破炎上させていく。まるで蚊とんぼだ。

「ひ、ひぃ……ッ⁉」

その意味不明、理解不能な現象に、娘はただただ怯えるしかなく。

やがて、全てが終わる。

この村で生きて動いている怪物は、一匹たりともいなくなった。

「終わったか……」

グレンが息を吐きながら、刀と銃を収めると、

「……ぐッ⁉　ごほっ！　げほっ⁉」

不意に、グレンは身体《からだ》をぐらりと揺らし、右手で口元を押さえて激しくむせた。

しばらくの間、グレンは気分悪そうにしていたが、やがて落ち着きを取り戻す。

頭を振って気を取り直し、そして、足下で腰を抜かしてへたり込む娘へ、改めて左手を差しのべた。

「……大丈夫か？　怪我《けが》はないか？」

だが。

「……ッ！」

娘は、びくりと震え、真っ青になりながらカタカタと肩を震わせているだけだ。

決してグレンの方を見ようとしない。

「……悪かった」

グレンは、少しだけ寂しそうに苦笑し、差し伸べた手を引っ込める。

周囲を見渡さなくてもわかる。

今、この村の住人達が、遠巻きにグレンのことを見つめているが……誰も感謝の目をしている者はいない。

皆、この娘と似たような目をしていることだろう。

「安心しろ。俺はすぐにこの村を出て行くからさ。大丈夫だ、何もしねえって」

「…………」

震えて俯《うつむ》くだけで、何も答えない娘。

口を利《き》くのも恐ろしい……そう言わんばかりに。

「…………」

グレンは頭を掻《か》いて、肩を竦《すく》め、くるりと踵《きびす》を返《かえ》す。

自分の背中に数多《あまた》の畏怖の視線が突き刺さる居心地の悪さを覚えながら、村の出口に向かって歩いていく。

「……あ、しまった、そうだ。忘れてた」

グレンが思い出したように足を止め、振り返る。

途端、村中に高まる猛烈な緊張感。

今、この状況では脅迫と変わらないことを自覚し、グレンは申し訳なさでいっぱいになりながらも、手を合わせて硬直している村人達へと懇願する。

「こんなご時世だ。お前らの生活が苦しいのはわかってるんだが……ほんのちょっとでいいから食料、分けてくれねえかな……？」

──────。

村を発《た》って、しばらく歩いていくと。

日が落ちた頃、木々がまばらな荒れ地の真ん中に屋根が崩れた小さな廃屋が現れ、そこに野営地があった。

焚き火《たび》の細々とした明かりだけが、夜の帳《とばり》からその一角を浮かび上がらせている。

「おーい、帰ったぞ、ジャスティン」

「おかえり、師匠……」

グレンが帰還すると、一人の少年──ジャスティンが、グレンを出迎えていた。

このジャスティンは、この世界の全てが変わった〝大災厄〟のあの日、とある町でグレンが救えた唯一の人間であり、今のグレンの旅の供だ。

天涯孤独になった幼い少年をあのまま放っておくこともできず、仕方なく連れていくことにして、今に至るというわけである。

どこか暗い顔をしているジャスティンへ、グレンが努めて明るく言った。

「いやぁ、相変わらず、俺、大活躍だったぜ⁉　〝正義の魔法使い〟として、邪悪な怪物達をこう、千切っては投げ、千切っては投げ！

俺の獅子《しし》奮迅の大活躍に、あの村の連中は大盛り上がりでさぁ！　くくく、村の女の子達にモテまくって参っちまったぜ！　どうか行かないでください～って。

ま、あのまま定住してハーレム生活を堪能《たんのう》しても良かったんだが……ほら、この世界には、まだまだ俺の力を必要としているやつらがいっぱいいるだろ？　だから泣く泣くなぁ」

「…………」

「ま、せめてものお礼とばかりに、少ねえけど食料分けてもらったぜ？　これでしばらく保《も》つだろ？」

そう言って、グレンが背に担《かつ》いだ背嚢《はいのう》を下ろすと。

「バカにしないでよ、師匠」

ジャスティンが、どこか苛立《いらだ》ったように言った。

「感謝？　あの村の連中が師匠に？　嘘《うそ》だ。

あの村の連中は師匠に感謝なんて欠片《かけら》もしてないよ。皆、師匠のことを怖がって、疎《うと》んでいた……疫病神《やくびょうがみ》め、早く出て行けと、目でそう言ってた。僕にはわかるよ」

「…………」

すると、グレンは背嚢を下ろした体勢で、しばらくの間、動きを止めており。

「やれやれ……お前に遠見の魔術を教えたのは失敗だったか」

グレンは苦笑いして肩を竦めた。

「ま、気にすんな。とにかくこれで、この一帯の化け物掃除は終わった。しばらくは大丈夫だろうから、明日からは別の地域へ移動する。

朝早く出発するから、お前はもう飯食って寝てろ……」

「師匠！」

はぐらかそうとするグレンへ、ジャスティンが食ってかかる。

「師匠はいいの⁉　悔しくないの⁉　僕、知ってるよ⁉

大災厄のあの日……あの〝邪悪〟の攻撃から僕を庇《かば》って、余計な一撃をもらって以来、師匠の調子は滅茶苦茶《めちゃくちゃ》悪いって！　あの時の負傷が根本的には全然治ってないって！

僕には、見れば、なんとなくわかるんだよ！」

「やれやれ……お前って本当に甘ぇいいんだな。参るぜ」

「今の師匠は魔術を使うだけで、もの凄《すご》く苦しいはず……なのに、皆《みんな》のために無茶をしてがんばっているのに……あんな扱いを受けて……本当にそれでいいの、師匠⁉　悔しくないの⁉　哀《かな》しくないの⁉」

「ま、どう思うかと言われりゃ、そりゃちょっと寂しいよな」

怒りに震えるジャスティンの頭に手を置きながら、グレンが微笑《ほほえ》む。

「だが、誰が俺のことをどう思おうが、そんなのどうでもいいんだよ。俺がこの世界の人間を守るのは……戦い続けるのは……俺の義務だからだ。

俺の為《な》すべき唯一だからだ。

俺が戦い続けてさえいれば、歩み続けてさえいれば、俺は俺の故郷の大切な連中を守り続けることができる。だから、それでいいんだよ」

「もう……故郷の大切な人達の顔もよく思い出せないのに……？」

「ああ、それでもだ。俺は歩み続ける。今までも、これからも。そう決めたんだ」

「そんな生き方……辛《つら》いし、寂しすぎるよ、師匠……」

「お前が気にすることじゃないさ。だが、心配してくれてあんがとな」

そう言って。

グレンは焚き火の前に座り込み、刀や銃などの魔術武装の手入れなどを始める。

やはり、体調が悪いのか、時折、ごほっとむせながら。

黙々と淡々と作業を続けるグレンから焚き火を挟んで正面に、ジャスティンは膝を抱えるようにして座り込む。

そして、ぱちぱち揺らめく火をぼんやり見つめながら、呟く。

「もし……僕が大人になって……師匠みたいに凄い魔術師になれたら……師匠みたいな〝正義の魔法使い〟になれたら……その時は……」

「ん？　何か言ったか？　ジャスティン」

「ううん……なんでも。僕、そろそろ寝るね。おやすみなさい、師匠」

「ああ、おやすみ」

こうして。

二人だけの夜は、ゆっくりと更《ふ》けていく――

――――。

〝大災厄〟。

それはとある日、この世界を襲った最大の悲劇だった。

《無垢《むく》なる闇》がこの世界の〝存在の壁〟を破壊したあの日以来、この世界には、外宇宙の怪物や化け物達が、我が物顔で跋扈《ばっこ》するようになった。

様々な邪神や旧支配者達も、度々この世界に来訪し――グレンもそれを阻止するために奮戦を続けるが、この世界はグレン一人で守りきるにはあまりにも広すぎて。

この世界の有り様はすっかり変わってしまった。

まず、国家が機能しなくなってしまった。国という概念がなくなってしまった。

人々は村単位、町単位で小さなコミュニティを形成し、外宇宙の怪物達から息を潜めるように、隠れるように細々と生きるしかなくなってしまった。

人があまりにも数多く群れ集まって暮らせば、必ず外宇宙達の怪物に狙われてしまうため、そうするしかないのだ。

暴れ回る外宇宙の怪物に対しては、魔術を知らない普通の人間には、何も対抗手段がないため、どうしようもないのだ。

結果、生産力や経済活動力は、見るも無惨《むざん》に激減。

生活レベルや文化レベル、技術レベルは、どんどん下がっていく。

時代区分としては近世だというのに、最早《もはや》、中世以下。

世界人口も、驚くほど激減してしまっている。

畑は荒れ果て、放棄された幽霊都市は激増、世界は荒廃する一方。

誰がどう見ても、もうこの世界は滅びに向かって一直線……そんな状況だった。

起死回生の手は、ただ一つ。

この世界の天蓋に、外宇宙へと続く穴を開けている大儀式魔術を行使した《無垢なる闇》を撃破して、その儀式を解呪《ディスペル》すること。

それが、この世界の有り様を正常に戻す、唯一の方法。

グレンは、負傷によって今までのようには魔術を行使できなくなった身体《からだ》を押して、この世界を当てもなく彷徨《さまよ》い続ける。

《無垢なる闇》の行方を追って、西へ東へ放浪の旅を続ける。

せめて、自分の手の届く範囲内の人々を救いながら、《無垢なる闇》を捜し続ける。

だが、あの日以来、《無垢なる闇》は完全に姿を消した。

空の天蓋に空いた穴の存在が、《無垢なる闇》がまだこの世界のどこかに隠れ潜んでいることを証明しているが……どこに潜んでいるのかは、グレンの魔術をもってしても、まったく摑《つか》めなかったのである。

だが、それでも。

グレンは、《無垢なる闇》を捜し続ける――……

――。

「出てけ！」

冷たい罵声と共に、ガンッ！　と、グレンの頭部に鋭い衝撃が弾《はじ》けた。

投げられた石が、グレンの側頭部に命中したのだ。

無論、今のグレンに投石など、何のダメージにもならない。

むしろ、ダメージを受けたのは精神の方であった。

それは旅の途中、グレンが物資補給のため、たまたま立ち寄ったとある辺境の村での出来事だ。

グレン達が流れ着いた時、ちょうどその村は怪物達の襲撃に遭っていて、グレンは一も二もなく村人達を守るため、あまり良くない身体を押し、魔術を振るって戦った。

だが——全てが終わった後。

命の恩人たるグレンに対する村人達の仕打ちがこれだった。


「出て行け、化け物！」

「そうだ、出て行け！」

「お前も、あいつらと同じだ！　化け物だ！」

「そうだ、出て行け！」

「出て行け！」「出て行けよ！」「出てってよ！」「出て行ってくれ！」

「「「出て行け！」」」


鍬《くわ》や鋤《すき》、ピッチフォークなどの農具を手に、グレンを取り囲む村人達の顔の方こそ、まるで怪物のようだった。

正直、無理もない……と、グレンは思った。

日々、怪物達の恐怖に怯《おび》え、生きることだけで精一杯で生活は苦しく、未来に希望はない。ただただ重く暗い絶望だけが自分達の行く末に大きく立ちはだかっているのみ。

そんな毎日を強いられ、もうこの世界の誰もが精神的に追い詰められている。

そんな彼らにとっては、魔術という奇妙な技を使って、怪物を倒していくグレンは、それこそ怪物そのものなのだろう。

あまつさえ——

「お、俺達は知ってるんだぞ⁉《愚の悪魔》ッ！」

「そうだ、そうだ！　お前があの大災厄を引き起こした張本人だってなぁ⁉」

「ええ！　私もその噂、聞いたわ！」

「自分でこの世界をこんな風にしておきながら、怪物を殺して、俺達に恩を着せる……マッチポンプにもほどがある！」

「なんて野郎だ！　お前は化け物だ！　化け物だよ！」

——そんな風に言われてしまったら、さすがに精神的ショックも大きかった。

（仕方ねえ。仕方ねえんだよな……）

グレンは嘆息しながら物思う。

（……皆、辛いんだ。皆、怖くて辛くて、誰かのせいにしなきゃやってられねえんだよ……だから、仕方ねえんだ。

それに、間接的には間違いじゃねえしな。俺が、《無垢なる闇》を止められなかったから、この世界はこんなことに……）

そんな風に思って。

この村では、旅に必要な物資は手に入りそうにないな……そう結論づけて。

グレンが、何一つ反論せず、そのまま踵《きびす》を返《かえ》して立ち去ろうとした、その時であった。

「ふざけるなッ！」

そんな村人達へ浴びせられる激しい罵倒。

グレンや村人達の視線が、一斉にその罵倒の声の主に集まる。

そこにいたのは——ジャスティンであった。

ジャスティンがグレンの下へ駆け寄り、村人達の視線からグレンを守るように両手を広げて、立ちはだかる。

「おい、ジャスティン……お前、村の外で待ってろと……」

「何が噂《うわさ》だ！　何が《愚の悪魔》だッ！　畜生！　バカ野郎！」

グレンの言葉を無視して、ジャスティンは全力で村人達を糾弾する。

「師匠がどんな思いで、皆《みんな》を守るために戦っているのか、何も知らないくせに！　戦えば戦うほど悪くなっていく身体を押して、どれほど辛《つら》い思いをして、戦っているのか、何も知らないくせに！

そんな師匠を悪者扱い⁉　そんな師匠に守られておいて感謝の一言もないの⁉

ふざけるのもいい加減にしろよっ！

怪物はどっちだ⁉　お前らだ！　怪物はお前らなんだッ！」

ジャスティンは子供ゆえに。

その幼い純粋無垢さは、大人達の矛盾をストレートに突いた。

恐怖、辛苦、絶望、無力感、閉塞感……大人達のグレンに対する不満や偏見は、そういった自分ではどうしようもない感情を発散するための、大義名分と言って良い。

そういうことにしておけば、自分達は遠慮なく正義のために、グレンを糾弾し、罵倒できるのだから。一時、気持ち良くなれるから。ある意味、魔女狩りと同じなのだ。

だが、ジャスティンは、そんな暗黙の了解の虚飾を真っ向から打ち砕いた。

大人達がひた隠しにしたい、自分達の情けなさや弱さを、白昼堂々指摘し、暴いてしまったのだ。

ゆえに――

「だっ、黙れぇぇぇぇぇぇぇぇぇぇぇぇぇぇぇぇぇぇぇぇ――ッ！」

精神の拠《よ》り所《どころ》を激しく揺さぶられた村人達はたちまち逆上し、正気を失った。

農具を構えて、この小うるさいガキを黙らせようと、ジャスティンへと殺到する。

「……ひっ⁉」

初めて、人の真なる悪意と殺意に当てられたジャスティンは、思わず身を竦《すく》めて硬直して――

農具の鋭い切っ先が、四方八方からジャスティンを串刺しにしようとした、その瞬間。

カチッ！

懐中時計の竜頭を押し込む音が、辺りに妙に大きく響き渡って。

衆目の前で、ジャスティンの姿が唐突に消え、農具の切っ先が空を切る。

「「「「!?!?!?!?」」」」

目を剝《む》く村人達。

しかも、いつの間にか、今の今までいたグレンの姿も忽然《こつぜん》と消えている。

そんな理解を超えた不可思議な現象に、村人達は心底震え上がるしかなかった。

「あ、悪魔じゃ……やっぱり連中は、悪魔の化身じゃ……ッ！」

「お、お、おおお……ッ！　恐ろしい……ああ、恐ろしい……ッ！」

「だ、誰か救いを……彷徨える我らに救いを……ッ！」

「主よ……大いなる主よ……《無垢《むく》なる闇》様よ……我らを憐《あわ》れみ給《たま》え……」

――――。

そんな村から遠く離れた森の奥。

そこに作られた野営地にて。

「ごめん、師匠……」

焚《た》き火《び》の炎を、膝を抱えて見つめながら、ジャスティンが謝った。

「ゴホッ、ゴホッ……なんでお前が謝るんだ？」

焚き火に背を向けて、毛布を被《かぶ》って横たわるグレンがそう返す。

最近のグレンは、とみに体調が悪いらしく、暇な時は大抵、こうして横になっているのが常となっていた。

「だって……僕の世界の人間達は、何もわかっちゃいない……師匠がこんなに一生懸命、僕達のために戦ってくれているのに……」

「何度も言ったろ？　俺は俺のために戦ってるんだ。関係ねーよ」

「それに……また、師匠に余計な魔術を使わせちゃった……」

「余計なもんか。お前を助けるためじゃねーか」

グレンが身を起こして、ジャスティンを見る。

その手には、かつてグレンの師匠が使っていたものとそっくりな懐中時計があった。

「違うよ、師匠……師匠は元々一人だった。

師匠は自分の目的のために、とは言うけど。もし、師匠が一人だったら、あんな風に人に余計に関わる必要はないんだ……さっと助けて、さっと去ればいい。

師匠が恨まれ、嫌われ、罵倒されながらも、必要以上に人に関わろうとするのは……僕がいるからなんでしょ……？」

「…………」

押し黙るグレン。

ジャスティンの言っていることはある意味、真実だ。

グレンはすでに、食事や睡眠を克服している。必要ない。

だが、ジャスティンはそうはいかない。

ゆえに、水や食料など生活必需品は、どうしたって必要になってくる。

今の世界のように荒廃しきった世界では、自然界で得られる食料もどうしたって限られている。

いかに神に近い魔術の業を習得したとしても、魔術の基本は等価交換。エネルギー保存則に縛られる。

無から有を生み出すことはできない。それは神ですら逆らえない絶対則だ。

ゆえに、この世界で天涯孤独のジャスティンを生かすためには、人と関わる必要が出てくる……それは当然の話だ。

「思えば……あれほど強い師匠が、未《いま》だ癒えぬ負傷で調子を落とす一方なのも……元々は僕を、あの〝邪悪〟の攻撃から庇《かば》ってのことだったし……

お荷物だよね……僕なんて……」

するとグレンは、そんなジャスティンの言葉を一笑に付した。

「バカ。そんなことあるかよ」

「嘘《うそ》だ」

「嘘じゃねえよ」

グレンは焚き火の炎ごしに、俯《うつむ》くジャスティンを真《ま》っ直《す》ぐ見つめた。

「むしろ、俺はな……お前に救われてんだよ」

「僕が……師匠を救ってる……？」

「ああ。正直、不変の誓いを立てて、歩み続けると覚悟してもな。

やっぱ、しんどいもんは、しんどい。それは否定しねえよ。

その上、守っているつもりの連中に、心ないことを好き放題言われりゃ、そりゃー、頭にくることもあるさ。別にもう、こんな世界どーでもいいんじゃねえかなって、ちらっと思っちまうことも、たまにある。

でもな……お前がいるから。ここがお前の世界だから。

だから、なんとかしてやりてえって、そうも思えるんだよ。

だから、まだまだ俺は歩み続けることができるんだよ。

だから……お前がお荷物だなんて、そんなこと絶対にあるもんか」

「し、師匠……」

目を瞬《しばた》かせるジャスティンの前で、グレンが起き上がって立ち、伸びをする。

「ったく……ガキが、いっちょ前に、人のこと心配しやがって。

生意気なやつめ、少し灸《きゅう》を据えてやらねえとな」

そう言って、グレンが森の奥へと歩き始める。

「師匠?」

「来いよ、ジャスティン。久々にお前の魔術を見てやるよ」

すると。

「えっ⁉　いいの⁉」

ジャスティンの表情が年相応に、パッと明るくなる。

「ああ。そいえば最近、移動や戦いばかりで忙しくて、全然、お前に師匠らしいことしてやれなかったからな」

「で、でも……師匠、体調悪いんじゃ……?」

「だから、それが生意気だってての。俺はお前以上に自分のことはよくわかってるし、そんな俺が大丈夫っつってんだから、大丈夫なんだよ。

そんなことよりも、久々だから、かなりドぎつくしごいてやっから覚悟しろよ？」

「う、うんっ！　ありがとう！　よろしくお願いしますっ！　師匠！」

ジャスティンは、目をキラキラさせながら立ち上がり、急いで先を行くグレンの後を追ってくる。

まるで子犬のような少年に、グレンは思わず苦笑いする。

（ったく、これじゃ灸にならねえな……）

そんなグレンの胸の内など露知らず。

「見ててよ、師匠！　僕、師匠が留守の間に、師匠の教えてくれたこといっぱい復習したし、いっぱい練習したんだよ！

今日は、どれだけ僕が凄《すご》くなったか、師匠をびっくりさせてあげるよ！」

ジャスティン少年がご機嫌で、グレンの隣に並ぶのであった。


――――。

「すー……はー……」

的と定めた大木の前に立ち、ジャスティンが目を閉じて深呼吸をしながら集中力を高めていき、精神を統一している。

「…………」

その後方で、グレンが頭の後ろで手を組みながら、ジャスティンの挙動を注意深く、観察している。

ジャスティンはグレンに教わった通り、基本的な魔術起動《スタートアップ》の工程を、一つ一つ丁寧に踏んでいき……やがて、目を開く。

そして左手の人差し指と中指で、眼前の大木を指さし、呪文を唱えた。

「《雷帝の閃槍《せんそう》よ》！」

次の瞬間、落雷のような炸裂《さくれつ》音と共に、ジャスティンの指先から、一条の眩《まばゆ》い電光が放たれる。

電光は雷閃となって、森の中の薄闇を切り裂き、狙い過《あやま》たず大木を穿《うが》つ。

雷閃は大木を完全に貫通し、その幹に拳大の穴を貫き通すのであった。

「あはは、やった、できた……ッ！　し、師匠⁉　どうかな⁉」

ジャスティンが期待の眼差《まなざ》しで、背後のグレンを振り返る。

「ほう？　やるじゃねーか。もう一節詠唱をモノにしやがったか」

グレンはお世辞抜きに感心して、ジャスティンの頭に手を乗せた。

「素直にすげえ。がんばったな、ジャスティン」

「え、えへへ……」

嬉《うれ》しそうに笑うジャスティン。

「このマナの希薄な世界の出身でありながら、よくやるよ。お前、本当に筋がいいぞ？」

「ほ、本当に？」

「ああ。俺がガキの頃は、もっとマナに恵まれた環境だったのに、そんな強い魔力を練ることはできなかったし、お前みてーに、ほいほい新しい呪文を覚えられなかった」

無邪気に喜ぶジャスティンを、グレンは感慨深げに見つめる。

実際、ジャスティンは魔術の天才と言えるだろう。

魔術の腕前だけであれば、いつぞやのアホ教団の《四聖人》達のレベルなど、とうに超えている。

アホ教団員達が使っている魔術は、その実、手順を覚えて振れば誰でも使える、ただの魔術武器のようなものだ。他人から魔力と術式をもらい、魔導の本質や理論をまるで理解せず、ただ他者から付与された借り物の力を、その使い方を覚えて使っているだけ。

本質から学び、自身の魔力を練り上げ、真に自分の力にしたジャスティンとは、天と地ほどにも差がある。

（本当に、惜しいよな……）

つくづくグレンはそう思う。

ジャスティンは生まれてくる世界を間違えたとしか言いようがない。

こんなにマナの希薄な世界で、これほどの魔力を練り上げることができるのだ。

もし、ジャスティンがグレンの故郷の世界に生まれていたとしたら。

それはもう、稀代《きたい》の天才魔術師として大成しただろうに。

（しかし、まぁ……なんだ。人にものを教えて導く、成長を助けてやるってのは……なんつーか……やっぱりいいもんだな……）

教え子の成長が嬉しい。教え子が育つ過程を見守るのが楽しい。

もう本当に遙《はる》か昔のことだったので、この感覚をグレンは完全に忘れていたのだ。

そういう意味でも、この少年に救われているなと、グレンは改めて思った。

（師匠、か。……セリカのやつも、こんな気分だったのかねぇ？　ま……俺はジャスティンと違って、デキの悪い弟子だったがな……）

そんな風に、グレンが遙か過去の記憶、すでにかなり霧の向こう側に霞《かす》んでしまった記憶に、改めて思いを馳《は》せていると。

「それにしても……やっぱ、師匠って、本当に教え方上手《うま》いよね！」

ジャスティンが、嬉しそうにグレンにそう言ってくる。

「……ん？　そうか？」

「そうだよ！　この世界って、そもそも魔術がないから、僕には絶対無理だって思ってたのに……でも、師匠は何も知らない僕を、基礎の理論から一つ一つ丁寧にわかりやすく教えてくれたじゃん！

おかげで、僕はこの世界で生きていたら、一生気付かなかったことを知って……一生目覚めなかった霊的感覚を得て……どんどん魔術が使えるようになったもん！」

ジャスティンの言う通り、グレンは本当に一から丁寧に教えた。

確かに、ジャスティンの目はいい。物事の本質を定量化して見抜く天性の才能があり、それは魔術師の才能としては破格のものだ。

だが、いくらジャスティンが天才とはいえ、魔術がまったくない世界で、魔術の〝ま〟の字も知らないジャスティンの才を、これほどまで開花させることができたのは、ひとえにグレンの指導の賜物《たまもの》……と言っても、決して過言や自惚《うぬぼ》れではないだろう。

（ま……こんな世界だ。こいつには一人でも生きていける力をつけてやらねえとな。それが、あの大災厄の日、こいつを拾った俺の責任ってもんだ……）

そんな風に、グレンがぼんやり考えていると。

「ねぇ、師匠って、どうしてそんなに教え方が上手いの？」

そんなことをジャスティンが好奇心から聞いてくる。

「だって、僕、魔術のこと、なんにも知らなかったし、わかんなかったんだよ？　なのにそんな僕でも理解できるように教えられるなんて……」

「なんてこたぁねーさ。俺の元いた世界……魔術があった世界でも、案の定、落ちこぼれってモンがいてな。

どうしても、先天的に魔力の乏しいやつ、魔術のことが理解できないやつ、霊的感覚の乏しいやつ……まぁ、様々な理由でけっ躓《つまず》くやつがいてな……そういう連中が一体、何がわからないのか、一体、何に躓くのか……俺には、よーくわかるんだよ」

俺自身がそうだったしな……とは、一応、師匠の面目があるので伏せておく。

「だから、お前みたいに、才能はあって魔術を知らんだけのやつを指導するのは、そう難しい話じゃねえってわけだ」

「ふーん……」

すると、ジャスティンはさらに興味津々《きょうみしんしん》といった感じでこう聞いてくる。

「師匠ってさ……ひょっとしたら、故郷の世界で先生とかやってた？」

「お前は本当に鋭いやつだな」

グレンは苦笑しながら、空を見上げた。

「ああ、そうだ。俺は故郷で教師をやってたよ。遠い、遠い昔の話さ」

目を細めて、あの頃に思いを馳せるが。

やはり、どうにもあの頃の記憶は、深く濃い霧の向こう側にあって。

もう、いまいち思い出すことができない。

だというのに。

「良かったらさ……話してよ、師匠の昔のこと」

ジャスティンは、そう興味津々に聞いてくる。

「僕、知りたいよ。師匠が昔、どういう人だったのか。師匠の故郷がどういう世界で……師匠がどんな風に過ごしていたのか、知りたい」

「はぁ……何度も言ったろ？　もうあまりにも昔のことすぎて、細かいことはよく覚えてねえんだって……」

「それでも！」

ジャスティンが、グレンに懇願するように縋《すが》り付《つ》いてくる。

「思い出すかもしれないじゃん。……話してるうちに」

「…………」

グレンはしばらくの間、そんなジャスティンを見下ろして。

「……そうだな。確かにそうだ」

やがて、ふっと微笑《ほほえ》むと、近くの適当な切り株に腰を落ち着け、空を見上げながら、霧の向こう側の過去の記憶へと、改めて真摯に向き直るのであった。

「………………」

だが、それでもグレンが少し難しそうな顔で、言葉に詰まっていると。

「師匠が故郷の世界で、教師になった切っ掛けは、何？」

ジャスティンが興味津々とばかりにそう聞いてくる。

「俺が教師になった切っ掛け？　なんだったな……なぁんか、結構、ロクでもない理由だったような……？」

そして、またしばらく考えて。

不意に、何かを思い出したように、目を少し見開く。

「ああ、そうだ……働きたくなくて、俺の師匠の脛《すね》を囓《かじ》って生きてた時……師匠に脅されて始めたんだっけな……臨時講師を。それが切っ掛けか」

「へぇ……師匠の師匠ってどんな人？」

「……一言で言えば、とんでもねえやつだったよ……何か具体的なエピソードは……えーと……うーん……、……ああ、そういえば、いつだったかこんなことがあったな……」

霧の向こう側の記憶の断片を、グレンはなんとなく口にして。

それに対するジャスティンの質問に答える形で。

グレンは、遠い遙か過去の記憶を、少しずつ、少しずつ掘り返していく。

「どうして、師匠は働きたくなかったの？　魔術が嫌いになっちゃったの？」

「初めてできた教え子達は、どんな子達だった？」

「師匠って、普段どういう授業をしてたの？」

「普段の学院生活はどうだった？　どんなことがあったの？」

「その遺跡探索で何かあった？」

「その戦いは、どんな戦いだったの？　師匠よりも強かったの？」

「師匠の軍時代はどうだった？　やっぱり辛《つら》かったの？」

「システィーナさんって、そんなに頭いい人だったの？」

「ルミアさんって、そんなに強い心の持ち主だったんだ？」

「リィエルさんって、そんなにとんでもない子なの？」

「ねぇ、師匠……師匠がその学院生活で、一番楽しかったことって何？」

────。

――。

――。


グレンは、記憶が掘り返されるままに話した。

日が暮れて、すっかり暗くなっても話し続けた。

不思議なもので、もう忘れてしまったと、二度と思い出せないと思っていた、大切な思い出達が、次々とグレンの中で鮮明に蘇《よみがえ》っていく。

ジャスティンも、どこか楽しげに、グレンの話に耳を傾け続けている。

やがて、グレンの長い長い思い出話にも一区切りついて。

「あはははっ！　話をまとめると……師匠って、なんていうか、故郷の世界じゃ、わりとロクでなしだったんだね!?」

「うるせえ、ほっとけ」

楽しそうに笑うジャスティンに、グレンがそう憮然《ぶぜん》と応じるのであった。

（しかし、まぁ……なんだ。思い出そうと思えば、意外と思い出せるもんだな）

考えてみれば、当然だ。当たり前だ。

故郷の世界で過ごした時間は、これまでのグレンの戦いの旅路と比べると、ほんの一瞬の花火のような短い時間だったけど。

それでも一番、美しい瞬間だった。

あの頃は、喜びも、哀《かな》しみも、痛みも、怒りも、憎しみも、何もかもが熱かった。

辛いことや苦しいこともあったけど、一瞬一瞬が宝石のように輝くかけがえのない日々だった。

あの頃、あの世界には、グレンの青春があったのだ。

それを忘れるわけがない。忘れられるわけがない。

たとえ、悠久の時が過ぎ去ろうとも。

(そうか、思い出せないいんじゃない……思い出さなかったんだ。

忘れたかったのか、俺は。

もう二度とあの頃には戻れないから。ははは、未熟だなぁ、俺……)

いくら不変を誓っても。歩み続けることを覚悟しても。

ふとしたことで、自分でも気付かぬうちに、心に忍び込んでくる弱さには、グレンも苦笑するしかない。

「ありがとうな、ジャスティン」

「え？　どうしたの？　師匠」

「いや……なんとなく、だ」

グレンが目を伏せ、押し黙る。

すると、ジャスティンはしばらくの間、そんなグレンのことをじっと見つめ。

やがて、何かを決意したように言った。

「うん。僕、決めたよ、師匠」

「ん？　何をだ？」

「僕……師匠みたいな〝正義の魔法使い〟になるよ！」

「！」

「今はまだ、僕、全然未熟だけど……師匠の足元にも及ばないけど……

でも、いつか……師匠みたいな凄《すご》い〝正義の魔法使い〟になって……師匠みたいに、世界から世界へと渡り歩けるような魔術師になって！

それで、探すんだ！　師匠の故郷の世界を！

そして、いつか師匠を連れていってあげるんだ、その世界に！」

そんなことを、無邪気に、力強く宣言しながら、ジャスティンがグレンを真《ま》っ直《す》ぐ見つめてくる。

「……ふっ」


子供特有の無邪気な、向こう見ずな願望。

まだ、自分の壁や限界は、まるで見えていなくて。

まだ、世界のことは、何もわからなくて。

だから、一生懸命がんばれば、自分はきっと何でもできると、成し遂げられると、そう強く信じることができる子供だけの特権。

大人になるにつれて、徐々に失っていく輝き。あるいは強さ。

年齢のわりには、その目のすぐれた才能のせいか、ジャスティンにはどこか達観しているところもあるが……そんなところは年相応に子供で、グレンは微笑ましくなる。

「ははは……あっはははは！　ジャスティン、お前、ハハハハハ！」

「どっ、どうして笑うんだよ、師匠ぉ⁉」

「いや、すまねえすまねえ！　お前をバカにしたわけじゃねえんだ。

実際のところ、凡才の俺と違って、お前は正真正銘の天才だ。何か人の限界を超える切っ掛けがありゃ、案外、お前ならできるかもなって思ってる。マジだよ。

でも、そういうことじゃなくてな……くくく……」

ひとしきり笑い倒して。

やがて、グレンはこう言った。

「俺も決めたよ。絶対に、俺はお前の……この世界を救ってみせる」

「師匠？」

不思議そうに小首を傾《かし》げるジャスティンへ、グレンは続ける。

「正直……俺は、この世界はもう無理だって、心のどこかで諦めていたかもしれねえ。

体調は悪くなっていく一方、回復する気配なんて全然ありゃしねえし。

世界中の人間が俺を腫れ物扱いし、今も、件《くだん》のカス教団の信者は水面下で増え続け、自分達で自分の首を絞めてることにまるで気付きゃしねえ。

心のどっかで、この世界は捨てて、この次で……そう思ってたかもしれねえ。

だが、お前はこんなクソ雑魚《ざこ》な俺を、完全にKOしてくれたってわけだ。

永遠に近い時間、魔術を研鑽《けんさん》し続けた俺が、魔術習いたてのガキに完全敗北したっていうわけだ。こりゃもう笑うしかねえだろ？　はははははは！」

「うーん……師匠の言ってることがよくわかんないよ……だって、師匠は僕より、圧倒的に……」

「ま、あんま深く考えんな。独り言みてーなもんだからな。さて……」

立ち上がり、グレンが伸びをする。

「そろそろ、休もうぜ。明日も早いからな」

「……うん！」

そうして。

二人は兄弟のように連れ立って、野営地まで歩き始めるのであった。

――――。

――確かにこの世界の旅路は、当てもなければ、未来も希望もなく、どちらかと言えば辛く苦しい道のりだった。

でも。そんな日々の中でも……確かにあったのだ。

心安らぐその時が。

優しく、温かな、日だまりの日々が。

そこには、確かにあったのだ。

だが――それが、長く続くことはなかった。

二人の奇妙な旅路は、ある日唐突に終わりを告げることになる――

第五章　日だまりの日々が終わる時

「出てこい！　《愚の悪魔》ッ！」

「年貢《ねんぐ》の納め時だぞ、この外道めッ！」

「そこに隠れ潜んでいるのは、すでにわかってるんだ！」

「この世の真なる邪悪め！　人間の敵め！」

「貴様が滅茶苦茶《めちゃくちゃ》にした、この世界の怒りを知れ！」

「隣人達を理不尽に奪われた我らの正しき怒りを知れッ！」

「今こそ、〝正義〟を高らかに示す時ッ！」

「さぁ、出てこい！　《愚の悪魔》ッ！　出てこいぃいいいいいいいい――ッ！」

とある森の中、とある洞窟の入り口を、老若男女《ろうにゃくなんにょ》が大挙して取り囲んでいた。

隊伍《たいご》を組んで、それぞれ手製の槍《やり》やピッチフォークなどの武器を構え、その切っ先を洞窟の入り口へ向けている。

そして、全員、どこか取り憑《つ》かれたような、熱に浮かされたような目で、口汚い罵倒と怒声をひっきりなしに発している。

彼らを支配しているのは、ただただ熱狂であり、狂騒だ。

己達こそが正義と信じて疑わぬゆえに、完全に理性のタガが外れている状態だ。

今の彼らなら、正義の名の下に、どんな残酷なことでもやってのけるだろう。

「くそう……ちくしょう……」

そんな醜い衆愚達を、ジャスティンは洞窟の入り口付近の物陰から、こっそりと窺《うかが》っていた。

そして、踵《きびす》を返《かえ》し、洞窟の奥へ急いで走っていく。

やがて、洞窟の奥に辿《たど》り着《つ》くと、ジャスティンは報告した。

「駄目だ、師匠！　完全に取り囲まれている……逃げ道はないよ！」

「……そうか」

洞窟の壁際《かべぎわ》に、グレンがぐったりと蹲《うずくま》っていた。

「……ゴホッ……ゲホッ……ったく……ざまぁねぇなぁ……ゴホッゴホッ！

俺も無駄に長いこと生きて、結構、強くなったと思ったんだがなぁ……終わる時は呆気《あっけ》ねえもんだ、ゴホッ……ゲホゴホゲホッ！　ぐぅ……」

途端、発作を起こしたように激しく咳《せ》き込み始めるグレン。

「師匠！　大丈夫⁉」

そんなグレンへ駆け寄り、ジャスティンが介抱し始める。

最近、グレンの体調はとみに悪かった。最悪と言って良い。

身体《からだ》と魔力は、どんどん衰えていき、かつてあらゆる邪《よこしま》な神々を心胆から震え上がらせた孤高の神格、旧神《神を斬獲せし者》は、もう見る影もない。

超絶的な天位の神秘どころか、今のジャスティンですら簡単にできる魔術の行使すら、苦労する始末。身体はひたすらに重く、思ったように動かない。

今のグレンは、ただの病み衰えた人間であった。

こんな状況を突破することも、逃げることもままならない、弱りきった死にかけの人間であった。

「なんでだ……なんでだよ……どうしてこんなことになったんだよ⁉」

ジャスティンが、目尻に涙を浮かべ、憤怒《ふんぬ》の表情で叫んだ。

「ジャスティン……」

「だって、そうじゃないか⁉　師匠がここまでボロボロになったのは、この世界を跋扈《ばっこ》する外宇宙の怪物達から、この世界の人達を守るため、無理を押して戦い続けたせいだよ

ね⁉

標的を《無垢《むく》なる闇》だけに絞って、怪物達に食い物にされるこの世界の人々なんか完全に見捨てて、力を温存しておけば、師匠がこんなことになることはなかったのに！

なのに……皆《みんな》のために一生懸命戦い続けた結果がこれなの⁉

そんな師匠に対する仕打ちがあれなの⁉

こんなのあんまりだよ……あんまりじゃないかぁあああああああ――ッ！」

すると、しばらくの間、ジャスティンは荒い息を吐いて俯《うつむ》き、やがて、何か悟りを得たように、得心したように、ゆっくりと顔を上げる。

その憤怒に吊《つ》り上がる、悲哀に塗《まみ》れた少年の瞳には……どこか危険な光が宿り始めていた。

「……あいつらは……〝悪〟だ……」

「ジャスティン？」

「そうだよ……あいつらは師匠のことを邪悪呼ばわりするけど……あいつらこそ、本物の邪悪じゃないか……人でなしじゃないか……ッ！

あんな連中……この世にいちゃいけないんだ……

そうだ……〝悪〟は、この世界に存在してはいけないんだ……ッ！

皆、皆、滅びなきゃ……滅ぼしてやらなきゃいけないんだ……ッ！」

と、そんな時だった。

「バカ弟子め。滅多なことを言うもんじゃない」

グレンにそう窘《たしな》められ、ジャスティンがはっと我に返る。その目に宿りかけていた危険な光が消える。

「人には色んな事情があるもんだ。ましてやこんな、誰もが明日をも知れぬ不安を抱えるようなご時世じゃな。

悔しいが《無垢なる闇》の方が上手だったってこった……」

グレンがこのように、世界の敵として爪弾《つまはじ》きされるのとは裏腹に、《無垢なる闇》はこの世界で急速に信者を増やしていった。

件の『天の智慧《ちえ》派教団』が、怪物達に苦しめられる人々を積極的に支援し、《無垢なる闇》様こそ、この世界をお救いになる真なる主であると喧伝《けんでん》し続けたからだ。

この世界は、マナの希薄な世界。

グレンも、《無垢なる闇》も互いに、その能力を制限される。

だが、神として《無垢なる闇》は自身への信仰心を集めることで、人々の感情のエネルギー、即《すなわ》ち生体磁気《マグネタイト》を自身の魔力へと転化している。

そのために、この世界に外宇宙と繋《つな》がる穴を開けて、外宇宙の怪物達を呼び込んで、マッチポンプも良《い》いところだ。

単純な戦闘力だけで言えば、グレンと《無垢なる闇》は、総じて五分五分であると言えたが、もうその戦力差は天地がひっくり返っても覆《くつがえ》せないほど大きくなってしまった

……この世界の人間達のせいで。

何もかも茶番。愚かで、滑稽で、救いようがなかった。

（《無垢なる闇》……お前はこういう人間の愚かで滑稽なところを心底バカにして、あざ笑っているんだろうな……だがな……）

グレンは、フラフラと壁に摑《つか》まりながら立ち上がる。

「し、師匠⁉」

「お別れだ、ジャスティン」

決意と共に、グレンが宣言した。

「俺は連中のとこへ行く。この世界を救えなかった最後の責任を取る。だが、お前は逃げろ」

「……ッ⁉」

「今のお前なら、どうとでも生きていける。何でもできるし、どこへでも行ける。それだ

けの力を、お前はすでに得ている。少し早すぎるが、卒業ということにしてやるよ。

まぁ、俺のことは……気にするな。もう忘れろ。

仕方なかったんだよ、これは。多分、運命みてーなもんだ」

そう言って。

やはり覚束《おぼつか》ない足取りで、出口に向かって歩き始めるグレンに。

「い、嫌だ！　嫌だよ、師匠ッ！」

ジャスティンが、その背中に縋《すが》り付《つ》いた。

「師匠も一緒に逃げようよ！　僕、師匠とお別れなんて嫌だよッ！」

「無理言うな。今の俺が完全に足手纏《あしでまと》いなの、お前もわかってんだろ？」

「じゃ、じゃあ！　戦おうよ！　僕があいつらを全員、やっつけてあげるから……ッ！」

「アホ！　俺が何のためにお前に魔術を教えてやったと思ってんだ⁉

お前に人の道を外れさせるためじゃねーぞ⁉」

グレンの怒りの一喝に、ジャスティンがびくりと怯《おび》える。

グレンが手を上げ、ぶたれると思ったジャスティンが身を縮こまらせる。

が。

ぽん、と。

グレンは、ジャスティンの頭に手を乗せただけだった。

「だが……お前の気持ちは嬉《うれ》しいよ。

お前には、本当に……何度も何度も救われたな」

「し、師匠……」

「もう何度言ったかな……ありがとうな、ジャスティン。

この世界で、お前に会えて本当に良かった。……じゃあな」

そう言って。

グレンは、無理を押して魔術を起動する。

安寧の眠りに落ちる睡眠の魔術だ。

途端、ジャスティンはボロボロと涙を零《こぼ》し始めた。

「し、師匠……ッ!? い、嫌だ……嫌だよ、僕……ッ！

もっと……師匠と一緒に……もっと……色んなこと……教えて……欲し……」

不意を打たれて抵抗に失敗し、ジャスティンの意識はあっという間に落ちていく。

「…………」

グレンは、泣きながら眠ってしまったジャスティンの身体を抱え上げ、そっと地面に横たえる。

呟き込みながら、重たい身体に鞭《むち》を打ちながら、苦労して魔術を起動して洞窟内に結界を張り、ジャスティンの存在を完全に隠蔽する。

これで安心だ。これなら《無垢なる闇》ですら、ジャスティンを探知できない。

〝全てが終わるまで、ここで待っていろ〟……ナイフを使って、そういう旨《むね》の書き置きを地面に残し、グレンは立ち上がる。

「……これでよし。達者でな」

こうして。

グレンは、ジャスティンを残し、洞窟の出入り口へと向かって歩き始めるのだった。

――。

――。

――。

——それから、紆余曲折《うよきょくせつ》あって。

ついに〝その日〟はやってきた。


「これより！　我らが大いなる主に弓を引く、この世で最も赦《ゆる》しがたき邪悪！

《愚の悪魔》の処刑を執り行うッ！」

「「「おおおおおおおおおおおおおおおおおおおおお――ッ！」」」


狂信的な熱狂が辺り一帯を支配していた。

近年、めっきり世界の人口は減ってしまったが、それでもまだこんなにいるのかと思うほど、その場には吐き気がするほど大勢の人間達が集まっていた。

そんな気持ち悪い人垣の中心に舞台があって、そこに処刑台が置かれている。

そんな場所に……


「…………」

グレンが引き立てられていた。

手足に枷《かせ》をはめられ、これまでどれほどむごい仕打ちを受けたのか、全身無惨《むざん》にボロボロである。

もう抵抗する気は皆無なのか、グレンは虚《うつ》ろな目で、ただ黙って俯くだけだった。

「ククク……久しぶりだなぁ、《愚の悪魔》よ」

処刑台にグレンが立たされると、この処刑ショーを取り仕切る『天の智慧派教団』の教祖アレクセイが、勝ち誇ったような笑みでグレンに話しかけてくる。

「どんな気分だ？　我らが神に牙を剝《む》き、我らに楯突《たてつ》き、結局、何も為《な》せぬままにこうして無様に死んでいく気分は」

「…………」

「愚かなことだ……いずれ我らをお救いになる《無垢なる闇》様に逆らうとは……まさに、鬼畜、まさに人類の敵。こうなるのが貴様の運命だったのだよ」

「…………」

「抵抗できまい？　貴様の手足を封じるその枷は、我が教団が貴様のために総力を挙げて作った封魔の鎖……貴様ごときの魔術を封じることなど、造作もないこと。

思い知ったか？　コレが神威というものだ」

すると。

「……封魔、ねぇ……」

今まで一切口を利《き》かなかったグレンが、口の端をつり上げた。

「……お前達は、生まれたてのヨチヨチ赤ちゃん魔術師で……俺は、その魔術の大先輩……しかも魔術を封じる魔術の専門家だ。

そんな俺を前に、封魔のなんたるを語るなんざ、笑える冗談だ、ルーキー」

「な……ッ!? 減らず口を……ッ!?」

アレクセイが渾身《こんしん》の力を込めて、グレンを殴りつける。

だが、やはりグレンは無抵抗。

そして、教団員達に左右を摑《つか》まれ、強引に処刑台へ立たされる。

「殺せ！」「殺せ！」「殺せ！」「殺せ！」「殺せ！」「殺せ！」「殺せ！」「殺せ！」「殺せ！」「殺せ！」「殺せ！」「殺せ！」「殺せ！」「殺せ！」「殺せ！」「殺せ！」「殺せ！」「殺せ！」

「殺せ！」「殺せ！」「殺せ！」「殺せ！」「殺せ！」「殺せ！」「殺せ！」「殺せ！」「殺せ！」

「殺せ！」「殺せ！」「殺せ！」「殺せ！」「殺せ！」「殺せ！」「殺せ！」「殺せ！」「殺せ！」

「殺せ！」「殺せ！」「殺せ！」「殺せ！」「殺せ！」「殺せ！」「殺せ！」「殺せ！」「殺せ！」

ついにこの世界をこんな目に遭わせた邪悪の最期と、場の熱狂は留《とど》まるところを知らない。

集った民衆は両手を上げて、そう絶叫し続けている。

「ええい！　最後まで忌々しいやつめ！　もう良い！　即刻、《愚の悪魔》を処刑しろ！

この世界を脅《おびや》かすこの悪魔を……殺すのだ！

人の誇りを、尊厳を、絶対的な正義を！　今、ここに示すのだッッッ！」

「「「ぉおお――ッ！」」」

アレクセイの煽《あお》りに、民衆達のボルテージが最高潮に達した、その時だった。

「……やっとか……」

不意に、グレンが呟《つぶや》いた。

民衆達には聞こえないが、傍《そば》にいる教団員やアレクセイには聞こえたらしく、眉を顰《ひそ》めてグレンを見る。

そんな連中など最早《もはや》眼中になく、グレンが安堵《あんど》したように呟き続ける。

「やっと、尻尾を摑んだぜ……正直、もう駄目だと思ってた……どうしたら、この世界を救えるのか……考えに考えた末……もうコレしかねえと思ってた……

正直、分の悪い賭け……いや、考えてみりゃ、さほど悪い賭けでもなかったか」

そんなことを言って。

バキンッ！

グレンは自身の手足を縛める枷《いまし》や鎖を、強引に引き千切った。

「な、なぁあああああああああ!?」

「《愚の悪魔》がッ！　拘束がッッッ!?」

「ひぃいいいいいいッ!?」

「お、おいっ！　何をやっている!?　殺せ！　早く殺すのだぁああああ――ッ！」

アレクセイが指示を教団員達に飛ばすと。

教団員達が泡を食って呪文を唱え、グレンに向かって左手を向けるが。

静寂。

誰も、何も魔術を起動できなかった。

「な、なぜだッ⁉」

「い、一体、これはどういう……ッ⁉」

「封魔ってのはこうやんだ。勉強になったか？」

慌てふためくアレクセイ達を余所《よそ》に、グレンは小さく呪文を唱える。

すでに魔術を振るえる身体《からだ》ではとてもなかったグレンが、なぜか魔術を行使し、襤褸《ぼろ》のマントや刀、銃などの武装を全て召喚し、瞬時に全身に纏《まと》う。

そして、刀を抜いて——アレクセイへ向かって歩いていく。

「ひ、ひぃっ⁉」

たちまち腰を抜かして、その場に尻餅をついて震え出すアレクセイ。

そんなアレクセイの前に立ちはだかるグレン。

我先にと、アレクセイを置いて逃げ始める周囲の教団員達。

「お、お前達⁉　わ、私を置いて先に逃げるんじゃない⁉

「く、くそぉ……なぜだ……ッ⁉ 《無垢《むく》なる闇》様が、貴様にはもう、戦う力はなくなったと仰《おっしゃ》っていたのに……ッ⁉」

そんなアレクセイになど興味はないとばかりに無視し、グレンが注視しているのはアレクセイの〝影〟だ。

「考えてみりゃ……反吐《へど》が出るが、お前的に超絶最高に面白いだろうこの展開を前に、あのお前が、特等席で見てねえはずがねえもんなぁ？

なぁ？ 《無垢なる闇》ッ！」

そう叫んで。

グレンが、刀でアレクセイの影を突き刺した。

その瞬間。

この世界に、強烈なる、猛烈なる、純然たる、圧倒的な闇が立ちこめた。

アレクセイの影から闇が吹き上がる。発生する。

その闇が蠢《うごめ》き、凝縮され、見慣れた少女の姿が形成され——それが空に飛び上がって、グレン達を悠然と睥睨《へいげい》する。

『んもぉ〜〜、いつものことながら痛《い》ったいなぁ〜〜〜ッ⁉』

それは——あの大災厄以来、グレンの前から忽然《こつぜん》と姿を消していた《無垢なる闇》であった。

『でもまぁ……そうこなくっちゃねぇ？　先生？』

「うるせえ！　この茶番もここで終わりだ！　今度こそ、お前をここで完全に滅ぼす！」

そう宣言して。

最早、完全に魔力が枯渇《こかつ》しかけていたはずのグレンが、なぜか、凄《すさ》まじい魔力を練り上げて、己《おの》が刀へと漲《みなぎ》らせる。

壮絶だった。グレンの全盛の時ですら、これほどの魔力ではない。

『——ッ⁉』

「おおおおおおおおおおおおおおおおおおおおお——ッ！」

目を見開く《無垢なる闇》の頭上を、瞬時に取り、グレンが刀を振り下ろす。

《無垢なる闇》へ、大気が、大地が断《いなな》くような斬撃を容赦なく叩《たた》き込む。

その衝撃で、地上へ落下する隕石《いんせき》のように、大地へ叩きつけられる《無垢なる闇》。

大爆発。大衝撃。

「ぬ、ぬわ――――――ッ⁉」

「ひいいいいいいいい――ッ⁉」

「うわぁあああああ⁉　助けてくれぇえええええ――ッ⁉」

アレクセイや教団員、民衆達は衝撃波で吹き飛ばされ、大混乱の大狂騒がその場に旋風のように吹き荒れた。

『ゲホッ！　ゴホッ！　グフッ！　きゃははは……痛たた、こ、これは……』

一方、《無垢なる闇》が血反吐《ちへど》を吐き、地面でのたうち回ってる。

常に消えなかった余裕が、初めてその顔から消えていた。

「……さすがに効くだろ？　実力はともかく、単純な存在神格としちゃ、俺とお前は同格だからな」

そんな《無垢なる闇》の前へ、グレンが据わった目で降り立った。

『きゃは……ははは……あーっははははははははははははは！先生、貴方《あなた》……ッ⁉』

「そうだよ。俺は、俺という存在そのものを擦り削って、直接お前に叩きつけてる。

お前は殺せねえ。お前という存在本質を、俺は理解できないから。

だったら——狙うべきは〝対消滅〟だ。

俺という存在がいた時間と歴史で、お前を相殺《そうさい》する。これなら滅ぼせる」

『いひ、いひひひひ……あれぇ？　いいんですかぁ？　そんなことしてぇ？』

《無垢なる闇》が誘惑するように、嫌らしい笑みを浮かべ、グレンを睨《ね》めあげる。

『そんなことしちゃったら……確かに私は倒せる〝かも〟……

本当は、先生もわかってる通り、まぁ、あくまで、〝かも〟……私を滅ぼせる可能性がなきにしもあらず……その程度ですがぁ？

でも、確実に言えるのは、先生は絶対に滅んじゃいますよぉ？

帰りたくないんですかぁ？　先生の故郷に。

会いたくないんですかぁ？　愛《いと》しい人達に。

あの懐《なつ》かしい故郷に……世界に……帰りたくないんですかぁ？』

そんな《無垢なる闇》へグレンが返す。

「……ああ、帰りてえよ。帰りたいと思ってた。

お前を倒して……なんとかあの故郷の世界を探し出して、帰りたい、皆《みんな》に会いたい……

多分、俺は心の底のどこかでそう思っていた。そんな淡い期待を捨てきれなかった。

だが……それが間違いだった。

最初から、そんな甘い未来や選択肢なんて、なかったんだ。

俺は、お前をここで滅ぼす。

可能性があるとか、ないとかどうでもいい。滅ぼすんだよ！

俺の全存在、全運命を使い尽くして、お前と差し違えてやる！

俺の故郷の大事な連中のために……

そして、この世界の……ジャスティンのためにな！」

そんなグレンの決意と言葉に。

『…………、あはっ』

《無垢なる闇》は……

『あはっ……あははは、……あははは、……あーっははははははははははははははははははははは――ッ！　きゃーっははははははははは！　ひゃーっははははははははははははははははははははは――ッ！　いひゃひゃひゃひゃひゃひゃ

ひゃひゃひゃ――ッ！　ぎゃっははははははははははははははははははははははははははははは――ッ！　い～っひひひひひひひひひひひひひひひひひひひ！　あっはは――ッ！』

　陶酔しきった顔で、どこまでも嗤《わら》い続けるのであった。

『愛しい！　やっぱり愛しい！　私、貴方のことが大好きですよ、先生！　大好き！　大好き！　大好き！　好き好き好き好き愛してる！　この世界で、この宇宙で、この無限三千世界で一番、貴方を愛してる！　全宇宙開闢《かいびゃく》から終焉《しゅうえん》の果てまで愛してますッ！

だって！　だって！　だってだってだってだって！

　先生だけなんですもん！　私にここまで向き合ってくれるのは！

　私は、私なりのやり方で人間達を愛しているだけですけどぉ……でも、人間ってやっぱり脆《もろ》く儚《はかな》いですからねぇ？　私の愛を受け止めきれてくれませんし？　私に本気で立ち向かってくれる骨のあるのも中々いませんし？

だから——ああ、貴方との逢瀬《おうせ》は本当に……何度繰り返しても飽きません！　くふふふ……これだけは止められませんよ、永劫《えいごう》に……くふっ、きひひひひ、きゃははははは……ッ！　きゃはははははははははははははあはははははははは！』

《無垢なる闇》は何か意味不明なことを言っているが。

最早《もはや》、どうでも良かった。

言うべきことは、ただ一つだ。

「死ね！」

そう叫んで、グレンは大上段から、《無垢なる闇》の頭部を壮絶に斬りつけ、真っ二つに割る。

当然、その程度で滅びる《無垢なる闇》ではないが——

『グフッ⁉　痛い！　いいですねぇ⁉　今回の舞台もついにクライマックス！　続編への期待を高める意味も込めて、最ッ高にッ！　盛り上げていきましょぉおおおおおおおおおおおおおおおおおおおおおおおおおお——ッ！』

全身から、無数の混沌《こんとん》の触手を伸ばし、そしてさらに叫んだ。

『さぁ！　今こそ、私を信仰するこの世界の全人類の皆さん！　私に力を！　本当はもうちょっと引っ張るつもりでしたけど！　ここでこの戯曲「滅亡」の渾身《こんしん》の伏線回収！　全身全霊でやらせていただきまっす！

今回の私と先生の、愛と感動の純愛物語を完走するために！　私が先生の愛に全力で応えるために！　どうか全員起立にて拍手喝采、かしこみかしこみご助力お願い申し上げ奉《たてまつ》りまぁああああああすっ！』

その瞬間。

その場で大狂乱する民衆達の胸から、何やら黒い糸のようなものが高速で伸びていって

……

「な、なんだ⁉」

「なんだこれは……ッ⁉」

その糸が、《無垢なる闇》が全身から四方八方に伸ばす混沌の触手と、片端から繋《つな》がれていく。

その糸の量たるや膨大で、この場の人間達の分だけではない。

恐らく、世界中の生き残りの人間達から伸ばされた糸が、空を超えてこの場に集まってきているのだ。

そして、触手と糸が繋がった、その瞬間。

「「「ぎゃああ──ッ！」」」

この場は、まさに真なる阿鼻叫喚《あびきょうかん》の地獄絵図と化した。

人の生命力そのものが、凄まじい勢いで《無垢《むく》なる闇》へと吸い上げられていくのだ。

たちまち、民衆達は枯れ果てたミイラとなって、次々と砂へと風化していく。

『うーん……皆さんの、私に対する愛を感じます……不味《まず》いけど。オエー』

「野郎ォオオオオオオオオオオオオオ──ッ!? 止めやがれぇえええええええええええええええええええええ──ッ！」

グレンが《無垢なる闇》の蛮行を止めようとするが、神速光速で飛び交う触手を切り払うので手一杯で、とてもこの場の人間達を救うことまでは手が回らない。

そんな中。

「神よ！　我らが救い主たる神よぉおおおおおおお——ッ!?」

もの凄《すご》い勢いでミイラと化しながら、教祖アレクセイは《無垢なる闇》へと訴えかけた。

「こ、これは……これは一体どういうことなのですかぁあああああああああああああああああああああああ——ッ!?」

『え？　どういうことって、やだなぁ、もう！　ちゃんと契約したじゃないですか！

私を信仰し、私の力を受ける代わりに、私に全てを捧《ささ》げるって！

これは信仰を通した立派な契約なんです！　つまり、少しでも私を信じて、救いを求めちゃった、一度でも私の名前を唱えちゃった、おバカな……おっとゲフンゲフン、この世界のほぼ全員が、私のものってわけです！

知らなかったのぉ？　こんなの神魔契約の基礎の基礎ですよぉ？』

「そ、そんなッ！　そんなぁあああああ!?　か、神よ！　あ、貴女《あなた》は我々を……救ってくださるのではなかったのですかぁああああああああああ——ッ!?」

『え？　いや、だから今、約束通り救ってあげてるじゃないですかぁ？

死ねば、苦しいことも、辛《つら》いことも、痛いことも、もう何もないですよぉ？』

「～～～～～～～ッ!?　い、嫌だ!?　助けて!?　誰か助けてぇえええええええええ

えええええええええええええええええええええええ――ッ!?」

と、アレクセイが吸い尽くされ、完全に枯れ果てようとしていた、その時だった。

グレンが光速で舞い降り、アレクセイと触手を繋《つな》ぐ糸を切断する。

アレクセイと《無垢なる闇》の同化が止まる。

「……ひぅ!?」

「失《う》せろ！」

「は、はい……ッ！」

グレンに一喝され、アレクセイはあたふたと一人その場から逃げ出すが。

ぷちゅっ！

神速で振るわれた触手の一本に撫《な》でられ、粉微塵《みじん》になって消滅していた。

『あははは！　先生ってば、やっさし～っ！　そういうとこも大好きですよぉ？』

「ちっ……」

気付けば……もうこの場に生きて息をしている者は一人もいなかった。

あまりにも、あっという間の出来事だった。

「決着つけるぞ、《無垢なる闇》……ッ！」

『あっはははははははははははははははははははは――ッ！』

こうして。

宿命の二人の、最後の戦いが始まるのであった。

――――。

「――黒魔《くろま》改弐【イクスティンクション・メテオレイ】！」

グレンが両手を掲げ、呪文を叫ぶ。

次の瞬間、上下前後左右ありとあらゆる方向から、《無垢なる闇》を目がけて、あらゆる存在を根源素《オリジン》まで分解する必滅の極光が、流星群のように殺到する。

『きゃはははははははははははは――ッ！』

それを《無垢なる闇》が、混沌から光速で無限に翻《ひるがえ》る触手の乱舞で、片端から弾《はじ》き返《かえ》していく。

極光。爆光。閃光《せんこう》。

それはまるで星々が砕け散る様のように。

『おやぁ？　先生、ここに来て、また一つ位階上がりましたぁ⁉』

「うるせぇ！　ボケカス！」

『ああ、ああ、楽しいなぁ！　先生はただの人間なのに！　それも、天才とは程遠い、ただの凡人の最たる極みだというのに！

どこまでこの私を驚かせ、楽しませてくれるんですかぁ⁉』

「黙れと言ってる！」

叫んで、グレンは火打ち石式拳銃《フリントロック・ピストル》──魔銃《クイーンキラー》を引き抜く。

そして、呪文を叫びながら、撃鉄を弾いた。

「技を借りるぜ、白猫……ッ！　《Iya, Ithaqua》ッ！」

銃口から吐き出される弾丸。

それを霊点《レイ・スポット》に、とある外宇宙の風の神性が召喚され、あらゆる次元と空間を超えて届く光の風が渦を巻き、必滅の絶対零度の凍気が《無垢なる闇》を襲う。

『な、なんとぉ!?　そ、その術は……風の神官の!?　先生ったら、そんな領域まで……ッ!?』

驚愕《きょうがく》する《無垢なる闇》。

回避不可能の滅びの風が、《無垢なる闇》の触手を吹き散らし、凍《い》てつかせて砕き、ズタボロにしていく。

「まだまだぁああああああああ――ッ！」

さらに呪文を唱えつつ、グレンは己《おの》が左手を自分の胸の内へ突き入れる。

心臓から、何かを取り出す。

それは――……

「頼む、ルミア……ッ！　ナムルス……ッ！　うぉおおおお！」

《銀の鍵》と《黄金の鍵》であった。

人差し指と中指の間に《銀の鍵》、中指と薬指の間に《黄金の鍵》が出現したのだ。

二つの鍵の権能を掌握し、その瞬間、グレンは時空間の完全支配者となる。

《無垢なる闇》の存在を、空間そのものごと切り離し、存在時間そのものを木っ端微塵《こっぱみじん》に破砕する。

それはまさに、この世界からの存在完全否定攻撃だ。

『ギ――ッ⁉ て、《天空の双生児《タウム》》の権能ですか……ッ⁉』

《天空の双生児《タウム》》最大級の権能はさすがに堪《こた》えたのか、一瞬、《無垢なる闇》の表情が苦悶《くもん》に歪《ゆが》み、硬直する。

「まだまだぁあああああああああ――ッ！」

そんな《無垢なる闇》へ、グレンは刀を抜いて神速で迫る。

その剣先に、銀色の光が輝く――

『ま、まさか……ッ⁉』

「教えてくれ、リィエル！　はぁあああああ──ッ！　《絆の黎明》《ディブレーク・リンク》ッ！」

黎明《れいめい》のような、眩《まばゆ》き銀色の剣閃《けんせん》が、世界を真っ白に染め上げながら、《無垢なる闇》を真っ向から、叩《たた》き割《わ》る──

《無垢なる闇》の、運命そのものを両断する。

『たっ……黄昏《たそがれ》の剣士の技まで……ぐぅううううう⁉　これは……ほ、本気ってやつですねぇ、先生……ッ⁉』

「俺はいつだって、本気《マジ》だ！」

攻めの手を緩めず、さらにグレンは《無垢なる闇》へ躍りかかる。

当然、こんな自分の領分を超えた神秘の連発、普段はできるわけがない。

なのに、今、それができるのは、グレンが自身の存在と歴史を擦り削って、戦っているからだ。

自分とは違う歴史を歩み、高みに到達した愛《いと》しい生徒達……そんな彼女らと関わった時間と歴史を代償に戦っているからだ。

だから、曲がりなりにも、彼女達の神秘を形にしているのだ。

『い、いいんですかぁ、先生！　そんなことしちゃったら……ッ！』

《無垢《むく》なる闇》が誘惑するように、からかうように、何かを言いかけるが。

対して、グレンはこれが答えだと言わんばかりに。

「《0の専心《セット》》――【愚者の一刺し《ペネトレイター》】ああああああああああ――ッ！」

グレンは《無垢なる闇》の眉間に、古式回転拳銃《パーカッション・リボルバー》の銃口を押し当て、無慈悲な零距離射撃を叩き込むのであった。

『グギィッ!?』

超新星にも匹敵する大爆発。

大きく弾き飛ばされ、吹き飛んでいく《無垢なる闇》。

そんな《無垢なる闇》を、グレンは次なる神秘を構えつつ、さらに追う。

ただひたすらに、愚直なまでに追い続ける――


「今さら、躊躇《ためら》うものかよッ！

《無垢なる闇》……ッ！　俺達を、舐《な》めるな……ッ！

人間を、舐めるなぁあああああああああああああ――ッ！」


――――。


それは、それは、凄《すさ》まじい戦いだった。

大地は無限の焦土と化し、海は真っ赤に染まって猛毒となり、各地へ星々が落ち、大破壊が巻き起こす大量の粉塵《ふんじん》が太陽を覆う。

果たしてこの戦いの後、この世界は復興できるのか？

それが不安になるほどの大破壊、大災禍が、二人を中心に渦巻いていく。

もし、勝利したとしても、とんでもない負債が、この世界の生き残り達に課されることになる。

だが、やるしかない。やるしかないのだ。

ここで、《無垢なる闇》を滅ぼさなければ……どのみち、この世界に未来はない。

この世界は滅んでしまうのだから――

グレンは、その一心で戦い続ける――

――――。

――――。

だが――

やがて。

その甲斐《かい》があったのか。

（……勝てる？）

激しい戦いの最中、グレンは微《かす》かに手応えを感じていた。

確かに、自身という存在が、もの凄《すご》い勢いで擦り削られていく。

この戦いが終わったら、自分は間違いなく消滅する。それは確定している。

だが――それよりも。


『ぐっ……うぅ……きひっ……ッ⁉　いぎぎぎ……』


《無垢なる闇》が滅びに向かっていく速度の方が、間違いなく速い。

このままいけば、自分が滅びる前に、《無垢なる闇》を滅ぼせる。

この長きにわたる不毛な鬼ごっこに、ついに終止符が打たれ……そして、この世界が、あらゆる全ての世界が救われる。

もちろん、グレンの故郷の世界も。


（落ち着け、焦《あせ》るな……ッ！　今まで培《つちか》ってきたことを全て使え……ッ！　俺自身を全て使え……ッ！　一手一手、追い詰めていくんだ……ッ！）

だが、グレンは微塵《みじん》も油断することなく、淡々と戦いを続けていく。
《無垢なる闇》の触手を切り払い、押し寄せる混沌《こんとん》を退け、超絶的な魔術を打ち消し《バニシュ》——
神殺しの刃を叩き込んでいく。
一撃ごとに、《無垢なる闇》は間違いなく苦悶の叫びを上げ、弱っていく。
そして。
やがて、無限にも錯覚されるような戦いの果てに——
——。
——。
——。
「終わりだ」
『……ええ、終わりですね』

無限の焦土と化した世界の真ん中に。

互いにボロボロに傷ついたグレンと《無垢なる闇》がいた。

《無垢なる闇》は四肢を断たれた状態で、地面に倒れており。

グレンはフラフラになり、杖《つえ》代わりに刀に縋《すが》り付《つ》きながらも、そんな《無垢なる闇》の前で、五体満足で立っている。

「これで……終わる……ついに……終わる……」

グレンが地面に突き立てた刀を抜く。

そして、地面に倒れ伏した《無垢なる闇》へトドメを刺そうと、近づいていく。

一歩。

また、一歩。

「俺も……すぐに終わるが……それでも、お前は滅びる……これで全てが救われる……俺の故郷の世界も……救われるんだ……だから……ッ！」

そう言って。

《無垢なる闇》のすぐ前に立って。

ゆっくりと刀を振り上げようとした……その時だった。

『えっ？　そんなの駄目ですよぉ』

何か、この土壇場《どたんば》にそぐわない呑気《のんき》な《無垢なる闇》の声が辺りに響き渡った。

警戒して、グレンが身構え、動きを止めるが。

《無垢なる闇》は何もせず、ただあっけらかんと言葉を紡《つむ》ぐだけだ。

『先生が滅びるなんて、そんなの駄目です……私のことを受け止めてくれるのは、宇宙の開闢《かいびゃく》から終焉《しゅうえん》に至るまで、先生ただ一人なんですから。

だから、これで終わるなんて絶対駄目です。

私達は、これからももっともっと、ずっと愛し合うんですから、永遠に！』

「何、バカ言ってやがる。お前はここで終わるんだよ。消滅させてやる。滅ぼしてやる。

絶対逃がさねえ……その程度の力と存在は、まだ残ってるっつーの……ッ！」

すると。

そんな吐き捨てるようなグレンの言葉に。

《無垢なる闇》は、しばらくの間、キョトンとして。

やがて、にんまりと嗤《わら》った。

嘲るように。慈《いつく》しむように。

『ああ……なぁんだ、先生……くふふふ……毎度毎度のことながら、やっぱりそう思ってるんですね……？

勝てる、と。私を滅ぼせる、と。

今、そう思っているんですね……？　うふっ、先生って、本当におバカで間抜けで……ああ、それでも、だからこそ、世界の誰よりも愛おしいのかなぁ……？　ほら、バカな子ほど可愛《かわい》いっていうじゃないですか？　あはははははははははははは……』

もうこんなやつの言葉を耳に入れるのはうんざりだった。

だから、油断なく即座に全ての幕を引くことを決意する。

「減らず口を……ッ！」

グレンが刀を振り上げ、全身全霊の魔力と存在を込めて、《無垢なる闇》の脳天へと振り下ろそうとした。

まさに、その時だった。

「…………」

グレンは……気付いた。

気付いてしまったのだ。

もし、ここで気付かなかったら……何かが違ったのだろうか？

だが、気付いてしまった以上、最早《もはや》、詮なきことであった。

倒れ伏す《無垢《むく》なる闇》の背中から、触手が一本、明後日《あさって》の方向へ伸びている。

それは途中でなぜか折り返され、空に向かって高く伸びている。

猛烈に嫌な予感がしたグレンが、触手の先を目で追っていき……触手の伸びる方向のままに、視線を導かれていき……

……やがて。

その触手の先——頭上には。

「し、師匠……ッ！」

触手に首を摑《つか》まれ、虚空《こくう》に吊《つ》り下《さ》げられているジャスティンの姿があった。

「な……？」

「〝王手《チェック》〟です」

それは刹那、ほんの刹那の出来事だった。

ここにいるはずのないジャスティンの姿に、グレンの心にほんの刹那、間隙《かんげき》が生まれたのだ。

もし、それがジャスティン以外の人間だったら。

もし、ジャスティンではなく、《無垢なる闇》が仕掛けたそれ以外の罠《わな》であったら。

今の全知全能に近いグレンに、隙など生じるわけもなかった。

《無垢なる闇》が土壇場で何を仕掛けてこようが、間違いなく返り討ちにできた。

だが——隙は生まれた。生まれてしまった。

それは刹那。

されど刹那。

その瞬間、全てがひっくり返る。

《無垢なる闇》の触手の一本が光速で再生し、光速を超えた魔速でグレンを襲った。

触手は、グレンの腹を貫いて大穴を開け、グレンの刀を持つ右腕を根元から、吹っ飛ばした。

『愛《いと》しい貴方《あなた》を永遠に失うなんて耐えられません。

だから、いつものように……これは、私が与える貴方への救いなんです！』

「～～～ッ⁉」

『いやぁ、惜しかったですねぇ⁉　あの最後の一撃、私に通っていたら……うーん、どうなってたかなぁ？　私、滅んでたかなぁ？　ぎりぎり助かってたかなぁ？

まぁ、試す気はさらさらないですし、もう意味ないですけど！』

全身から力が抜けていく感覚に、グレンはガクンと両膝をついてうなだれる。

そして、グレンは悟った。

（……ああ……尽きちまった……

俺の中の何かが……俺を、俺たらしめる何かが、決定的に尽きた……）

今、全てが終わったのだ。終わってしまったのだ。

呆然《ぼうぜん》と虚空に視線を彷徨《さまよ》わせ始めるグレン。

そんなグレンの下へ――

「し、師匠ぉおおおおおおおおおおおおおお——ッ！」

戯《たわむ》れに解放されたらしいジャスティンが、駆け寄ってくる。

全身から、しゅーしゅーと煙と音を立てて崩壊し、存在が希薄になっていくグレンへ、ジャスティンが必死に取り縋る。

「師匠！　し、しっかりして、師匠……ッ！」

「ジャスティン……お前……どうしてここに……？」

「ご、ごめんなさい、師匠……僕……師匠のことがどうしても心配で……ッ！　いても立ってもいられなくて、あの洞窟の結界から……ッ！　ごめんなさい……ッ！」

「……ははは、なるほど……そりゃあ、そうだよな……

お前は……悪くねぇ……ただ、俺の想定が……アホだっただけだ……最後まで……締まらねぇなぁ……俺……」

「ごめんなさい！　本当に……本当にごめんなさい、師匠ぉおおおお——ッ！　だから……死なないで……死なないでッ！　うわぁああああああああああああっ！」

そんなグレンとジャスティンの前で。

『うーん、やっぱり感動的ですねぇ……もう、いつものことながら涙なしには見られませんよこの光景……ぐすん……ひっく』

いつの間にか、全身すっかり再生しきった《無垢なる闇》が、溢《あふ》れ出《で》る熱い感動の涙を拭いながら言った。

『でーは！　盛り上がりに盛り上がったところで、そろそろ幕引きといきますか！』

《無垢なる闇》が遙《はる》か高き空へと飛び上がり――

『皆さんの祈りが！　この世界を救う力となりました！

それでは、全てのこの世界へ救済を！

どーん！』

全身から無数、無限の触手を放った。

それらは光の速度で、この世界中をまるで蜘蛛《くも》の巣《す》、網の目のように、果てまで隅々まで駆け巡り、行き渡り、搦《から》め捕り――圧搾《あっさく》。

大音響を立てて、この世界が次元・空間ごと、〝割れた〟。

粉々に、バラバラに砕け散っていく世界。

あまりにも、あっさりと。

あまりにも、呆気《あっけ》なく。

この世界そのものが、崩壊していく。

無数の世界の破片が、虚無の虚空の彼方《かなた》へと、落ちていき、吸い込まれていく――

世界は亀裂だらけとなり、細切れの破片となり、空が墜《お》ち、大地が飛翔《ひしょう》した。

『きゃっはははははははははははははっ！　どうですかぁ⁉　今回はこの世界の黙示録通りになるよう、再現してみたんですけど⁉

〝正しき義を司《つかさど》る誇り高き女神の剣が、黄昏《たそがれ》のラッパの音色と共に万里を駆け抜け、悪徳と背徳にまみれたこの世界を、六億と六千の欠片《かけら》に分断なされた〟！

あっははははははははは！　きゃーっはははははははははははははははははははははははははははははははははははははは――ッ！』

「クソが……クソがぁあああああああ――ッ！　このド畜生がぁあああああああああ

あああああああああああああ――ッ！」

一瞬でこの世界を完膚なきまで破壊した《無垢なる闇》に、グレンが悔しげに吠《ほ》えかかる。

だが、もう何もできない。

せめてもの抵抗を、と。

震えながらグレンが、地面に転がっている神殺しの《正しき刃《アール・カーン》》へ、残された手を伸ばすが。

「……ッ！」

グレンの見ている前で、《正しき刃《アール・カーン》》は、世界に走った亀裂と隙間の中に落ちていく。

虚無の中へと吸い込まれ、消えていく。

今度こそ……完全に万策尽きた。

グレンが拳を握り固め、俯《うつむ》く。

『おやおやぁ？　先生の自慢の神殺しの権能、どっかいっちゃいましたねぇ？　虚無の中に落っこちちゃったら、さすがの貴方でも、もう回収不可能ですよねーっ!?』

そんな様子を見て、おかしそうに嗤《わら》う《無垢なる闇》。

『でもまぁ、きっと大丈夫ですって！　あの刀は不滅ですし？

いずれ、きっとどっかの世界の、どっかの時代に流れ着いて、誰かが拾っておいてくれますって！　またいつか貴方の手元に戻ってきますって！

そうですねぇ、たとえば貴方の熱烈なフォロワー……貴方の真似《まね》して、貴方みたいに、私から世界を救おうとしたどっかのバカとかねぇ？』

「…………………」

聞かず、グレンはただ無念そうに押し黙り続ける。

そして、隣のジャスティンへ呟《つぶや》いた。

「……すまねえ……さんざっぱら大口叩《たた》いておいて、このザマだ……俺は、お前の世界……守ってやることができなかった……本当に……すまねえ……」

「そ、そんな……違うよ……師匠のせいじゃないよ……」

『そうですよ！　そうですよ！　貴方が気に病む必要はまったくありません！』

ジャスティンが、《無垢なる闇》が、落ち込むグレンを慰める。

『先生、貴方はよくやった！　とてもがんばりました！

バカだったのは、この世界の人間達！　貴方は何も悪くないんです！

この世界を救おうと必死になっている貴方を、人類の敵呼ばわりして、散々足を引っ張りまくって、その上、目先にちらつかされた偽りと希望と欲望に身を任せて、どんどどんどん自分達の首を絞めちゃっていくんですもん！

本っ当に、人間とは度《ど》し難《がた》く、救い難く、面白く、愛おしいったら――……』

「どの口がほざきやがる、このド畜生がぁああああああああ――ッ⁉」

腹立たしいことこの上ないフォローを勝手に入れてくる《無垢《むく》なる闇》へ、グレンは激怒して吠えかかった。

「お前だろ！　全部！　お前が、そう仕組んだんだろ⁉

人間はお前が言うほど、バカでも残酷でもねえよ！　ちょっとだけ、自分と自分の身内が、他人よりも大切で可愛《かわい》い……ただそれだけなんだよッ！

そんなもんは当たり前なんだ！　お前にそこまでバカにされるほどじゃねえよ！」

『確かにその通りですねぇ……あと、ほんのちょっとだけ人が他人に優しくなれたら、こんなことにはならなかったのに……どうして、人間って、こんな簡単なことができないのでしょうか……？』

「どやかましいわ……ッ！　いい加減、その臭《くせ》ぇ口閉じろ！　駄目なら駄目で、実力行使で世界滅ぼしちまうくせによぉ……ッ⁉」

『きゃっはははは！　ですよねーッ⁉　まさに機械仕掛けの邪神《デウス・エクス・マキナ》展開！　ってやつですね！　神だけに！　きゃっはははははは！　神ジョーク！　きゃはははははは！

あ、ちなみに〝神〟じゃなくて〝邪神〟にしたのは、本来、この言葉は、ラストをご都合主義で全て丸く解決しちゃうって意味だから――』

「黙れぇえええええええええええええええええええ――ッ！」

もういい加減、我慢の限界であった。

だが、何もできない。

グレンには、もう何もできないのだ。

戦う力は全て失った。

グレンという存在は刻一刻と消滅していっている。

この抗《あらが》えない終末の時。

今、グレンができる最後のことは……

「……ジャスティン……」

グレンは、この世界で孤独な自分に、ずっと寄り添ってくれた少年を振り返る。

そして左手を動かし、五芒星《ごぼうせい》の中心に目の印章が入った印を虚空《こくう》に描く。

それは光り輝いて少年へ向かっていき……やがて、少年の中へ吸い込まれていく。

「し、師匠……？　い、今のは……？」

「普通の人間はな、虚無に落ちたらただじゃ済まないんだ……そこには自身の存在を担保する物質的な世界がないから、存在が根源素《オリジン》まで分解されちまう……

でも……俺の最後の力で……お前に〝加護〟を与えた。

今のお前なら……この世界崩壊に巻き込まれても死なない……分解されない……少なくとも、どこかの世界の、どこかの時代に流れ着くまでは……」

同時に、今後識《し》らなくていい知識、識ってはならない深淵《しんえん》に対する理解力も上がってしまう。狂気に近づいてしまう。

ひょっとしたら、人格にも重大な影響が出てしまうかもしれない。

だが、それでも。

今、この瞬間、グレンはこの少年に、生きて欲しかったのだ。

孤独な自分に温かさをくれたこの少年に、生きて欲しかったのだ。

「し、師匠……ッ！」

「本当に、すまねえ……こうなる前に、カタをつけるつもりだった……お前の世界を守ってやりたかった……本当に……すまねえ……」

グレンは、ジャスティンの顔が見られなかった。

合わせる顔がまったくなかった。

今、少年は一体どんな顔を向けているのだろうか。

どんなことを思っているのだろうか。

あれだけ大口叩いて、この世界を救えなかったことに呆《あき》れているのか。

はたまた、どうして救ってくれなかったのか、と憤《ふん》怒《ぬ》に染まっているのか。

僕の世界を返せよ、と恨んでいるのか。

ジャスティンの顔を見ることができないグレンには、知るよしもない。

そして。

そんな情けない、敗北者たるグレンの姿を見て、《無垢なる闇》は嗤う。

世界の果てまで嗤い続ける――

『あっはははははははははははは――ッ！　あーっはははははははははははははははははは――ッ！　落ち込んじゃう先生、可愛い～～ッ！

そんなに落ち込まないでくださいよぉ!?　当たり前！　当たり前なんですよ？

貴方《あなた》、神の領域へ両足突っ込んでますけど、その本質は、どこまでいっても、しょせんただの〝人間〟なんですよぉ？

そんな人間が、時と空間と次元を超えて世界から世界へ渡り歩きながら、私と永遠に戦い続けて……もうそれだけで凄《すご》い凄い、超凄いことなんです！』

「……ッ⁉」

『でも、正直、毎度毎度驚いちゃいます！　何せ、結局、貴方の心が折れることは最後までないんですからね！　私と貴方の物語の終焉《しゅうえん》は、いつだって貴方という存在の限界で、幕が引かれるんですからね！　まぁ、そ　こ　だ　け　は！　褒めてあげます！

でもまぁ、ぶっちゃけ、すんごい、バカみたいですけどね⁉

散々、しつけの悪い犬みたいに私へ噛《か》みついてきて、結局、末路はこうやって負け犬になるんですもんね⁉　お疲れ様ですぅ！

でもそこが可愛くて……放っておけなくて……だから、とっても大好きなんです！　構って欲しいんです！　心の底から愛することができるんですっ！

きゃっはははははは！　きゃーっはは——ッ！』

そんな最大級の侮辱に反論する余力もない。

「ぐ……ぁ……うぅ……ッ⁉」

グレンは、急速に崩れていく自己を、なんとか保つのに精一杯だった。

抜けていく。

グレンの身体《からだ》から何かが抜けていく。

グレンは、自分の時間と歴史のほとんどを消費して戦ったのだ。

結果、致命的な何かによって、《神を斬獲せし者》としてのグレンが、急激に退化していく——劣化していく。

グレンが、別の何かへと変わっていく——……

「くそ……くそ……ッ！　こんな……結末……」

『きゃっはははははは！　ひーっひゃははははははははっ！　きゃーっはは——ッ！　ぎゃーっはははははははははは！』

響く《無垢なる闇》の哄笑《こうしょう》に、グレンは歯噛みするしかない。

（……ここまでなのか？　本当に、ここまでなのか？）

周囲を見渡せば、容赦なく崩壊していく世界。

大地が、空が、海が、パズルのピースのようにバラバラに砕け、虚空に浮かんだ奈落の渦へ向かって悉《ことごと》くが吸い込まれていく。

この世界の全てが虚無へ分解する光景こそが——一つの分枝《ぶんし》世界の終焉だ。

（ここまでやって……何も、何も為《な》せなかった……

結局、何も救えなかった……

ただ歩み続ければ、それでいい。それを信じて……俺は歩き続けてきた。

あいつらのために……あいつらの世界のために……ジャスティンのために……

でも……俺のやってきたことは、やっぱり《無垢なる闇》の言う通り……無意味で……

ただの身の程知らずのバカなことだったのか……？）

そう、グレンの心の中に、極上の毒が滲《にじ》み始めた、その時だった。


「バカにするなぁあああああああああっ！」


不意に、そんなジャスティンの叫び声が響いた。

グレンが顔を上げれば、ジャスティンが空を見上げていた。

ガタガタと恐怖と絶望に震えながらも、それでも毅然《きぜん》と、壮絶な憤怒をその目に燃やして。その目から涙を流しながら。

空でケタケタ不快に笑う《無垢なる闇》を睨《にら》み付《つ》け、叫ぶ。

「師匠をバカにするな！

師匠は……〝正義の魔法使い〟なんだ……ッ！

最後まで……最後まで、この世界の僕達のために、必死に戦ってくれたんだ……ッ！

世界中の誰がなんと言おうが……師匠は〝正義の魔法使い〟なんだ……ッ！

そんな師匠をバカにするなら……絶対に、絶対に、僕はお前を許さないからなぁああああああああああああああああああああああああああ――ッ！

お前は、僕が倒す……いつか……いつか、絶対、僕がお前を倒す！

絶対に滅ぼしてやる……ッ！　何を犠牲にしても……誰に否定されても、たとえ外道に墜《お》ちたとしても……絶対に、絶対に、絶対に！　絶《ぜ》ッ対にッ！

お前だけは！　お前だけは、僕が討ち滅ぼしてやる――ッ！

それが――僕の〝正義〟だッ！　唯一無二の……〝絶対正義《ABSOLUTE JUSTICE》〟だッッ！

覚悟しろ、〝邪悪〟ッ！　うわぁああああああああああああああああ――ッ！」


そんな泣きわめく少年を見て、《無垢なる闇》は、さらにあざ笑う。

『あらやだぁ？　なんですかぁ？　そんなにべそべそ泣いてムキになっちゃって？

あっ！　ひょっとして、君、先生が一生懸命戦う姿に感動して、つい感極まっちゃったとかぁ？　きゃはははははははははは――っ！

人間って、本当に単純っ！　面白っ！　きゃっはははははははは！』

そうひとしきり、一方的に少年をあざ笑い倒して。

『でも、ゴッメーン！　私、先生ならともかく、そこらのゴミに噛みつかれて大人の対応できるほど、人間できてないの〜ッ！　神だけど。どどーんっ！』

不意に《無垢《むく》なる闇》が触手を振るい、グレン達が乗っている浮島のような世界の破片へと叩《たた》きつけた。

世界そのものが、上下に振動して。

その一撃で、グレン達が乗っている世界の破片が真っ二つに割れて、ジャスティンの身体が衝撃で弾《はじ》き飛《と》ばされていく。

「う、うわぁあああああああああああああ——ッ⁉」

バラバラになった世界の欠片《かけら》から投げ出され、少年が虚無の奈落へと落ちていく。

「ジャスティン⁉」

咄嗟《とっさ》に、グレンが世界の欠片にしがみつきながら、落ちていく少年へ手を伸ばす――

その時だった。

……なぜだろうか？

どうしてだろうか。

なぜ、このタイミングで、この土壇場《どたんば》で、グレンの口からこんな〝名〟が出てくるのかわからなかったが。

でも、衝動に突き動かされるままに。魂が告げるままに。

グレンは、ジャスティンへと手を伸ばしながら――なぜか、その〝名〟を叫んでいた。

今となっては、忌々《いまいま》しくも遠く懐《なつ》かしい、その〝名〟を――

「摑《つか》まれ！　ジャティ、ジャティスゥウウウウウウウウ――ッ！」

「師匠ぉおおおおおおお――ッ！」

グレンと少年は互いに手を伸ばす。伸ばす。

だが。

あと、もう少しで届くというところで。

互いの手は、虚《むな》しく空を掻《か》く。

そして、少年は——

「し、師匠……」

やがて、虚無の奈落へと、消えていくのであった——

「ちっくしょぉおおおおおおおおおお——ッ！　うおぁあああああああああああああああああああああああああああああああ——ッ！」

グレンは、自分が乗っている世界の欠片を殴りつけながら、自分の無力さに吠《ほ》えるしかない。

そして——

『お取り込み中、大変申し訳ないんですけどぉー？　貴方もそろそろですよぉ？』

がっしゃあああああああああん！

その世界は、ついに終わった。

全てが――この世界の全てが、虚無の奈落の渦へと崩落し、吸い込まれていく。

「くっそぉおおおおおおおおおおおおおお――ッ！」

ついに、グレンも投げ出され、吸い込まれていく。

全てが――虚無の闇の中へと落ちて、溶けて消えていく。

そんな中。


『えー、《無垢なる闇》交通をご利用いただきー、まことにありがとうございますー！

《無垢なる闇》交通をご利用いただきー、まことにありがとうございますー！

ただいまー、〝終〟駅を出発ー、〝終〟駅を出発ー！

次の駅はー、〝始〟駅ー、次の駅は〝始〟駅ー！

ご乗車の方はー、しっかりとそこらの適当な世界の欠片に掴まりー、安全安心をー、お祈りー、くださいー』

俺の耳に、ただひたすら不快な《無垢なる闇》の声だけが、歪《ゆが》んだ山彦《やまびこ》のようにリフレインし続けるのであった——

——。

——。

——。

——。

——。

——。

そして、グレンは——……

断章　0↓11

帝国宮廷魔導士団《業魔《ごうま》の塔》の特務分室の職務室にて。

ほとんどの室員が任務で出払い、たまたま一人だけで待機していたジャティス＝ロウファンは、自身の執務机で手を組んで目を閉じながら、いつものように物思いに耽《ふけ》る。

〝正義の魔法使い〟と名乗るばかりで、結局、一度も本当の名前を教えてくれなかった、あの男のことを思う。


（未《いま》だ、僕は未熟だ。あの男の足元にも及ばない）


苛立《いらだ》ちや憤怒《ふんぬ》に近い感情だった。

必死に藻掻《もが》いて藻掻いて、自分なりに前へ進もうとしているのに……ゴール地点を思えば、まったく進んでいる気がしない。

そんなもどかしさが、常にジャティスを支配している。

そもそも、ゴールを目指すためには、識《し》らないこと、わからないことが多すぎるのだ。

一体どうすれば、あの男の領域で戦えるようになるのか。

かつて、自分が倒すと誓ったあの〝邪悪〟。

やつが、いかなる存在なのか。それすらも、今のジャティスにはわからないのだ。

何もかもが、今のジャティスの埒外《らちがい》。理解の外なのだ。

ゴールはあまりにも遠すぎる。

（フッ……僕にできることをするしかないか……）

今はそれしかない。

そのために、この世界——ルヴァフォースに流れ着いたジャティスは、元の世界での名前を捨て、紆余曲折《うよきょくせつ》の果て、特務分室の執行官となっていた。

ナンバー11《正義》を拝命したのは……何かの偶然か。運命か。

いや、

（あの男は言っていた……ただ歩み続け、何かを極め果てる先に、こうなったと。

〝正義の魔法使い〟となったと。

ならば、僕もそうするだけだ。歩み続けるだけだ。この命尽き果てるまで）

それゆえに、ジャティスは〝悪〟を殺し続ける。

一切合切の容赦なく、無慈悲に殺し続ける。

〝正義〟とは〝悪〟を殺し続けることによってのみ、鍛え上げられる。

いつか〝真なる邪悪〟を、この手で殺すために。討ち滅ぼすために。

今は、ひたすら〝悪〟を殺し、己《おの》が牙を少しずつ、少しずつ研ぎ続ける。

己の〝正義〟を極め続ける。高め続ける。

そのためなら、例えば……今、このアルザーノ帝国を裏で騒がせている《天の智慧《ちえ》研究会》など、ちょうど良い《い》練習相手。遠慮なく自身の成長の糧《かて》にさせてもらっていた。

（……あの真なる〝邪悪〟には、あ、あの男すら勝てなかった。敗北した。

だから、駄目だ。あ、あの男に並ぶだけじゃ、駄目だ。

僕はあ、あの男を超えねば……勝たねば……

あ、あの男を凌駕《りょうが》する、絶対的な〝正義〟を鍛え上げなければ……

でなければ、あの真なる〝邪悪〟を滅ぼすことは、到底できない……あ、あの男を心の底から侮辱した〝邪悪〟に報いを与えてやることなど、できはしない。

超えてやる……強くなってやる……僕の正義で……ッ！　絶対に！）

そのためなら。

何を犠牲にしようが。誰を失おうが。

誰に否定されようが。拒絶されようが。嫌悪《けんお》されようが。

誰からも理解されず孤独になろうが。
ジャティスは——歩み続ける。
そう決めたのだ。
あの日、ジャティスが師匠と呼んだ男と離別してから、もう随分と時が経《た》った。
今、思い返せば……あの男と過ごした日々は、本当に現実だったのか、夢だったのか。
こうして、自身を研鑽《けんさん》する日々を過ごしていると、あやふやになってくる。
だが、その胸の内には、確かな決意と思いがある。
どれだけ悠久の時を経ようが決して消えぬ、色褪《いろあ》せぬ憤怒がある。
それだけが——彼の絶対真実。
ここに、《正義》のアルカナは示したのだ。
彼が——ジャティス＝ロウファンが、歩み始めた《愚者》であることを。

「ジャティス。いたのね」

不意に職務室の扉が開き、赤い髪の女が入室してくる。
特務分室室長——執行官ナンバー1《魔術師》のイヴ＝イグナイトだ。

父親の言いなりになったままで、自分自身がまったくない、惰弱で見るところなど欠片《かけら》もないカスのような女だが、それなりに優秀で、〝悪〟をブチ殺せる魅力的な任務を、次々供給してくれるので、表面上、ジャティスが従ってやっている上司である。

「おや？　室長。どうしたのかな？　何か用事でも？」

「……貴方《あなた》一人か。まぁいいわ。一足先に紹介しておくか。

今度、特務分室に一人、補充要員を入れる話、したわよね？」

「ああ、そうだったね。そんな話だった。……で？」

「先刻、《隠者》のバーナードとの〝研修〟が終了してね。試してみたら、まぁ……それなりに使えそうになったから、正式に入室させることにしたわ。

大体、人手不足も甚だしいから、この際、贅沢《ぜいたく》言ってらんないし」

「ほう？」

「というわけで、入りなさい、貴方」

そう言って、イヴは背後を振り返り、部屋の外で待機していたらしい誰かに向かって、促す。

すると、その誰かが職務室内へと入ってくる。

新品の執行官礼服を身に纏《まと》った、黒髪黒瞳、長身痩躯《そうく》の青年だ。

どうやら、その人物はわりとふてぶてしいようで、先輩であるジャティスを前にしても特に臆することなく、ちらっと流し見て軽く頭を下げるだけだ。

「ちっす」

「……！」

その瞬間。

微《かす》かに、ジャティスは目を見開いた。

なぜなら、その男が――ジャティスの記憶の中の懐《なつ》かしいあの男と、どこか――

（……フ。気のせいだね。そんなわけがあるまい）

荒唐無稽な考えが、不意に思い浮かび……即座にジャティスは一笑に付す。

考えてみれば考えてみるほどあり得ない。

まず、容姿が全然違うし、存在感が全然違う。

魔術師としての練度が、最早《もはや》、天と地どころの話ではない。神とゴミだ。

魔力の質が全然違うし、あまつさえ、ジャティスの〝目〟は一目で見抜いてしまったが
……この目の前の男は、間違いなく下の下……三流魔術師だ。

外宇宙の邪神達や怪物達を片端から斬り伏せ、《無垢《むく》なる闇》とも互角に渡り合った、最強の魔術師たるあの男とは、まったく掠《かす》りもしない。

一体、このイヴとバーナードは何を考えて、この男を特務分室に入れたのか。

こんな貧弱な魔術師は、特務分室にいても、恐らく半年も経たないうちに戦死するのが関の山だろう。

なのに、一体なぜ？

なぜ、この男を見た瞬間、懐かしいあの、あの男の姿が、一瞬、脳裏をちらついたのか。

ジャティスは自分自身が心底理解できなかった。

（まぁ、どうでもいいけど。どうせ短い付き合いだろうし）

そう気を取り直し、ジャティスは形式的に大人の挨拶をすることに決めた。

「僕は、ジャティス＝ロウファン。執行官ナンバー11《正義》だ。君は？」

「グレン。グレン＝レーダスっす。この度、執行官ナンバー0《愚者》を拝命しました。よろしくお願いします」

「そう。グレン、か。……まぁ、精々死なないよう、がんばるといい」

そう言って。

ジャティスは握手の手を差し出す。あくまで形式的に、だ。

グレンと名乗る男も、やはり形式的にその手を握り返すのであった。

運命の二人は、こうして邂逅《かいこう》する。

やがて、全ての真実が明らかになる。

全ての歯車が噛《か》み合《あ》い、激流のように走り出す。

ジャティスは、この世界の真理を識り、真実を識って。

グレンもそれに巻き込まれるように、また、そうなると決まっていたかのように。

全てが――動き始める。

そして――……

最終章　21↓0↓？？？

――――。

――どれだけの時間が経っただろうか？
小鳥のさえずりを感じる。
やや冷たい寒風を感じる。
少しだけ暖かい日の光を感じる。
俺は――ふと、目を覚ました。

「…………」

身を起こす。
なんだか、身体《からだ》が妙な感覚だが、とりあえず周囲の状況だけ確認する。

「あれから……どうなった……？」

周囲を見渡せば。

そこは……どこかの世界の寒村の広場であった。

建物の様式から鑑《かんが》みるに、時代は中世──いや、近世あたりかもしれない。

辺境の田舎村のようであるから、この風景からは、いまいち時代がわからないが。

「……ここは……どこだ……？」

考えるまでもない。

また、どこかの世界に流れ着いたのだ。

「こうしちゃ……いられない……ッ！」

生きているならば、また歩み続けなければならない。

今までと同じように、同じ世界に来ているはずの《無垢なる闇》の足跡を追って……俺は戦い続けなければならない。

あいつらの世界を守るために……

そう決意して、俺が立ち上がろうとした時──身体を最大の違和感が襲った。

「……えっ？」

切り飛ばされたはずの腕がある。

まぁ、それはどうでもいい。
問題は……自分が見ている自分の手足が妙に短いことだ。身体が妙に軽いことだ。
慌てて立ち上がり、自分の身体をよく検分する。隅々まで確認する。
その結果、わかったことは、どうやら自分の身体が縮んでいるということで——
それは、つまり。

「まさか、俺……ガキに……戻っているっていうのか……？」

そう、としか考えられなかった。
確かに声も、声変わり前らしく、高い。
どう考えても、そうとしか考えられない。
身長と骨格、筋肉の付き方などから考えて……どう考えても十歳にいってない。
「バカな……一体、何が起こって……ッ⁉」
と、その時だった。
それはいかなる理屈か。
最近では、もう生徒達《あいつら》の顔すら思い出せなくなってきたというのに。

身体が、子供に戻ったせいか。

あるいは、それが俺という存在の原初の風景だったせいか。

俺は——思い出した。気付いてしまったのだ。


「こ、ここは……ッ！　こ、この村は……ッ⁉」

その時だった。

『きゃはははははははは！　あっはははははははッ！　あはははははははははははははは——ッ！　きゃっはははははははははははははは——』


辺りに少女の底なしの嘲笑が響き渡っていた。

それは、この世界のあらゆる汚音と不快音を煮詰めたような、悍《おぞ》ましき怪音。

それでいて、この世界の至高の楽器と演奏家達を寄せ集めて、神域の楽曲を合奏させたかのような美音。

相反する概念が矛盾なく混在・調和するその声は、聞いているだけで正気が削れ、魂が崩壊していくような、音の形をした猛毒だった。

それが大気に伝播《でんぱ》し、この世界のありとあらゆるものを侵食し、腐食させていく。

そんな音の呪詛《じゅそ》を吐き散らかしているモノは……なるほど、それを発するのに相応《ふさわ》しくも悍ましい姿をしていた。

確かに、人の形はしている。一見、可憐《かれん》で可愛《かわい》らしい少女だ。

だが、その本質はまるで違う。詐欺だ。

霊的な視覚でその本質を覗《のぞ》き込めば――どこまでも、奈落のように広がる深淵《しんえん》。

この世のありとあらゆる〝邪悪なる〟を集め、煮詰めたような混沌《こんとん》。

それはまさに、人の形をした深淵の底の底。

万千の色彩と混沌が織りなす、純粋にして〝無垢なる闇〟であった。

『気付きましたかぁ!? そうですよ! おめでとうございます、先生!

この世界は、貴方《あなた》の故郷、ルヴァフォース!

今は――聖暦一八四一年! あの空での戦いの十三年前!

ここは――この世界で、貴方が最初に目覚める村!

貴方が――グレン＝レーダスとしての貴方が、最初に始まる村!

貴方の出発点となる村なんですよ! 全ては振り出しに戻りました!

だって、貴方は——私との最後の戦いで《神を斬獲せし者》として歩んだ時間と歴史を全て消費しちゃったんですもんっ！　そりゃ最初の貴方に戻るに決まってますよね⁉

それで、この世界に結局、流れ着いてきちゃうのは、最早《もはや》、運命というか滑稽というかなんていうか！』

「……ッ⁉」

『しばらくしたら、この村に帝国宮廷魔導士団特務分室の執行官ナンバー16《塔》のアンリエッタさんがやってきまぁす！

この村は、そのアンリエッタさんによって完膚なきまでに滅ぼされ、ことごとくが彼女の死人形と成り果て、貴方はアンリエッタさんによって囚《とら》われの身となってしまうのでーすっ！

なにせ、貴方は人の身で神の領域に至った、もの凄《すご》い珍しい素体ですからね！

彼女の実験動物として、身も心もボロボロになる可哀想《かわいそう》な貴方！

でもでも、大丈夫！　ご安心を！

とある〝正義の魔法使い〟さんが、貴方を助けてくれますから！

そう——この村にやがて派遣されてくる、帝国宮廷魔導士団特務分室の執行官ナンバー21《世界》のセリカ＝アルフォネアさんに！』

「な……な……な……」

『彼女に気まぐれで拾われた貴方は、彼女から改めて〝グレン＝レーダス〟という名前をもらって……貴方の物語が、また始まるのでーすっ！

セリカさんに憧れて、絵本に憧れて、〝正義の魔法使い〟になろうとして！

やがて長じて帝国軍の特務分室に入隊して、ボコボコに夢破れて！

最愛の恋人セラさんを失って、全てを捨てて逃げ出して！

腐ってるところで、セリカさんに尻を叩《たた》かれて、教師なんか始めたりして！

それを切っ掛けに、貴方の激動の大冒険が始まるのでーす！　また、ね！』

「…………ッ！」

『どうかがんばってくださいね！　また、様々な葛藤や苦悩、冒険や戦いを乗り越えて……見事、私と戦える領域まで辿《たど》り着《つ》いてください！

実際のところ、私、この世界だけは、あんまり滅ぼしたくないんですよ！　えへっ！

だって……愛《いと》しい愛しい貴方がいるんですもの！』

「…………」

『貴方は本当に楽しくて面白い人！　貴方とは何度戦っても、何度殺し合っても、飽きないんです！　そんな貴方を一から育んでくれるこの世界を滅ぼすなんて……そんなこと、もったいなくて、なかなかできませんよ！　あっはははははははは！』

なんだ？

なんなんだ、それは？

それって、つまり——

俺の歩んだ道も。

俺が乗り越えた苦難も、抱えた葛藤も。

俺が得た答えも、決意も。全て、全て——

『うん、そうですよー？　私の掌《てのひら》の上でコロコロしてただけー？　カナー？』

「…………」

『ちなみにー？　これで新しく貴方が一から始まるの、何度目かご存じですかぁ？

ズバリ、お答えしましょう！　7692590948294579942859895
8428549852598928587989829582985298529852
9542958259828529859284285290914647029817
6315364785960062589441754908735243790707
9578365242647586958473635285908593838763

7814354380594375478473254739143276549483725243647858473625263273838336352443099876554132456748494300988999776252798756713242562789900098477466352441112780099847653554889766456513268986775665428990013245638948765367118299058746465334241177890397587464654、回目です！』

「………」

なんだ。

なんなんだ、それは。

それはあまりにも。

そんなのあまりにも。

あまりにも、あんまりではないか――

『ププーッ！　いつものことながら、先生、ナンデスカ、その顔⁉

だから毎回、毎回、何度も言ってるじゃないですか⁉

どうです⁉　今度こそ本当にわかりましたか⁉　理解しましたか⁉　納得しましたか⁉　諦観し、受け入れる心の準備はＯＫ⁉　蝋《ろう》の翼で空に挑みし、ちっぽけなる愛しき人間さん！

人間にはどうしたって越えられない〝壁〟があるということ！
貴方の〝正義〟は――しょせん、その程度だということ！
なんって面白く！　そして愛おしい――きゃっははははははははははははははは――あっははははははははははははは！』

「ぁあああ――ッ！」

許さねえ、許さねえ、許さねえ。
こいつだけは。
こいつだけは、絶対に許さねえ……ッ！
俺をなんだと、人間をなんだと思っているんだ、このクソ外道は！

「うぉああああああああああああああああああああああああああ――ッ！」

俺はこの少女の形をした邪悪を、なんとしてもこの場で滅ぼそうと、今まで培《つちか》ってきた神秘の数々を起動しようとする。

だが――何一つ形にならない。

世界石も、先の世界崩壊に巻き込まれた際に失われてしまったようだ。

『もうー、今のリセットされた貴方に、そんなの使えるわけないじゃないですかー？　それは、これから貴方が色んな苦難や葛藤や冒険を乗り越えて、成長することで、初めて形になるものなんですからね！　横紙破りのズルはよくありませんよーっ⁉』

「うるせぇ！　黙れ！　黙りやがれぇえええええええええええ――ッ！」

『大丈夫、大丈夫ですって！　心配ご無用！　ほどなくして、貴方の記憶もリセットされます！　貴方は身も心も子供に戻るんです！　初心に返って一からコツコツやり直すんです！　才能ゼロなんですから！　ファイト！』

「ふざけるなッ！　ふざけるなぁあああああああああ――ッ！　バカ野郎ォオオオオオオオオオオオオオオオ――ッ！　ふざけるなバカ野郎ォオオオオオオオオオオオオオオオオオオオオオオオオオオオオオオ――ッ！」

だが――どうやら、全て《無垢《むく》なる闇》の言う通りであった。

こうしている間にもわかる。

俺が、どんどん俺でなくなっていく。

様々な記憶が、今この瞬間にもどんどん白く漂白されていくのがわかる。

このままでは──俺は、やがて、この身体《からだ》に相応しい子供になるのだろう──

「……くそ……ッ！　こんな結末……ッ！　認めるか、こんな結末ぅうう！」

『だーかーら、結末じゃないんですってば！　始まりなんですってば！』

俺は憤怒《ふんぬ》と絶望のままに、頭上の少女の形をした混沌を睨《にら》み付《つ》ける。

だが、どうしようもない。

もう、何も、どうしようもない。

戦いは、すでに終わったのだ。

俺は──俺の全ての〝正義〟をかけて戦い、完膚なきまでに敗北したのだ──

『さて、私と貴方の楽しい楽しい物語はここで終幕！　愛しい貴方との語らいも、そろそろお開きです！　今回はね！』

ひとしきり俺を嘲り嗤《わら》い倒すと、少女の形をした混沌が指を打ち鳴らす。

ぴきり、と。この世界の空間そのものに蜘蛛《くも》の巣《す》のような亀裂が一瞬で走り……

がしゃあんっ！　と硝子《ガラス》が砕け散るような音と共に、世界の全てがパズルのピースのような欠片《かけら》となって崩壊し、世界が暗転する。

そして、その深淵の闇の中に──少女の形をした混沌が溶けて消えていく。

世界の果てまで届くような哄笑《こうしょう》と嘲笑と共に消えていく。

「待て……ッ！　逃げるのか⁉」

『くふっ、逃げませんよ？　だって、わかりますよね？　私が心から愛する貴方《あなた》。

私と貴方は、運命の二人。私達は、またいつか再び巡り合えるんです。

……私が私である限り……貴方が貴方である限りね。

そう、これは終わりじゃない……全ての始まりなんですから！

それではまた次回会いましょう！　お疲れ様でしたぁ！』

「う、ぉ、ぉおおおおおおおおおお――ッ！　ふざけるなぁああああああああああああああああ――ッ！」

俺は、必死に少女の形をした混沌《こんとん》を追う、駆ける、手を伸ばす。

混沌へと迫る。追いすがる。

だが、届かない。あまりにも遠い。

少女の形をした混沌は、光の速さで遥《はる》か深淵《しんえん》の彼方《かなた》へと去っていく――

「くそ……ッ！　くそくそくそぉおおおおおおおおおおおおお――ッ！

バカにしやがって！　バカにしやがってぇえええええ……ッ！

許さない……ッ！　覚えてろ、お前だけは……お前だけは絶対に……ッ！　う、ぁあああああああああああああああああああ――ッ！」

俺の怨嗟《えんさ》と憤怒と絶望が、深淵の中に空《むな》しく吸い込まれていく。
ただ、無慈悲に。無意味に。無残に――……
そして――……
――全てが閉じる。暗転する。
次、俺が目が覚ますその時――俺は……もう……
――――。
――。
ははは……ふざけんなよ、畜生……
こんな、底なしの理不尽……
この世にあっていいのかよ……？

〝バカね、先生!〟

〝そんなの、決まってるじゃないですか！〟

〝――あっていいはずないわ！〟

「――ッ⁉」

カッ！

その時。
光が。光が。
世界に光が――溢《あふ》れた。
闇の深淵の中へ沈みかけていた俺の意識が、引っ張られるように浮上していく。

ぴしり。

闇に亀裂が走る。
ぴしり。ぴしり。
その亀裂は、空間へどんどん無限に広がっていって――
闇をボロボロに寸断していって。

そして──

がっしゃあああああああああああああああああああんっ！

世界を覆う闇が──砕け散った。
がしゃん、がしゃんと音を立て、闇が破片となって虚空《こくう》を落下し、霧散していく。
途端、俺の視界が──一気に開けた。
もの凄《すご》い風が、俺の身体《からだ》を上から下へ殴りつける。

「な、なんだここは……ッ!?」
『……えっ!?』

驚愕《きょうがく》は二つだった。
俺のものと──俺の頭上にいる《無垢《むく》なる闇》のもの。
どうやら、この事態は《無垢なる闇》にとっても予想外だったらしい。
これまでただの一度たりとも崩さなかった余裕と愉悦の表情が、今、はっきりと崩れて戸惑っている。困惑している。演技ではない。
「なんだ⁉　一体、何が起きた⁉」
俺は周囲を見渡す。
ここは——遥《はる》か上空だ。地上が凄《すさ》まじく遠い。
夜明け前の、眩《まばゆ》き黎明《れいめい》の世界。
地平線の稜線《りょうせん》にかかった白銀の太陽が、ちょうど終わる夜の闇を切り裂いている——
さらに周囲を見渡せば。
様々なものが、浮遊している。
それは巨大な石のような破片で——しかも幻のように半透明だ。
それらが、無数に散らばって、浮遊している——
「これ……まさか、『メルガリウスの天空城』の……残滓《ざんし》か……？」
しかも、自分の手や身体を見つめてみれば……子供の姿じゃない。
いつものシャツにクラバット、スラックス、そして——あのボロのマント。
手元の《正しき刃《アール・カーン》》こそ失われたままだが——元の姿に、戻っている。
システィーナ、ルミア、リィエルと共に、空の戦いに挑んだあの時の姿に——
「いや……これは……」

自分の能力を確認すれば……恐らく、これはジャティスとの戦いの直後の状態だ。今までの神としての長い旅路が、なんだかまるで悪い夢のようであった。

と、いうことは。

まさか、俺は――？

「戻ってきた……？　あの懐《なつ》かしい世界に、あの懐かしい時代に……」

そんな俺の呟《つぶや》きを肯定するように。

「先生ぇぇぇぇぇぇぇぇぇぇぇぇぇぇぇぇぇぇぇぇぇぇぇ――ッ！」

遙かな空の彼方《かなた》より、誰かが舞い降りてくる。

それは――

システィーナ。

ルミア。

リィエル。

ナムルス。

イヴ。

アルベルト。

かつて、守りたいと思い、もう二度と会えないと思っていた——

グレンのかけがえのない仲間達だった。

〝何か〟を左手に掲げているシスティーナを先頭に、まっすぐグレンの下へ、猛スピードで舞い降りてくる——

「お、お前ら……どうして……ッ⁉」

「先生ッ！」

「先生！」

「……グレンッ！」

「うおわぁあああああああああ——ッ⁉」

舞い降りてきた勢いのまま、システィーナ、ルミア、リィエル、ナムルスに抱きつかれ、グレンは衝撃で思わず胃がひっくり返りそうになる。

「こんのバカ主様《マスター》！　バカバカバカバカバカッ！　死ね！　もう死ね！」

「いだだだだ!?　痛い痛い痛い痛い!?」

目尻に涙を浮かべたナムルスが怒りの表情でグレンの背中側から、グレンの頬を千切らんばかりにつねりまくっている。

「はぁ～～～……このデリカシー皆無男には、言ってやりたいことが山のようにあったけど……なんか、気勢がそがれちゃったわね……」

少し離れた場所で、イヴが額を押さえてため息を吐《つ》いている。

「痛たたた!?　痛い！　重い！　なんだ!?　一体、お前ら、なんなんだぁ!?」

一体、何が起きたのか理解できず、グレンが慌てていると。

ぽん。不意に、グレンは肩を叩《たた》かれた。

振り返ると。

「…………」

そこにはアルベルトが、いつものように鷹《たか》のような鋭い瞳をして佇《たたず》んでいる。

「……アル、ベルト……？」

「随分と無謀をしたようだな、グレン」

特に何かを責めるでもなく、アルベルトは淡々と言った。

「だが、もう一人で背負う必要は無い」

そう言って、グレンの前へすっと出て、上空の《無垢なる闇》を見据える。

その言葉は、いつも通り突き放すようで、どこか素っ気なかったが。

「……お前……ああ……すまねえな……」

思わず目頭が熱くなるのを抑えきれないグレンであった。


「まぁ！　皆《みんな》、色々と、先生に言いたいことは山ほどあるだろうけど！」

「そうだね！　全部、後回しだね！」

「ん！　今は……ええと、ムクの……なんだっけ？　倒す！」


そんなシスティーナ、ルミア、リィエルの言葉を合図に。

全員が、グレンを中心に展開し、上空の《無垢なる闇》に対して身構えるのであった。

その光景は本当に胸が熱くなるが……

「一体、どうなってんだ？　これ……」

『ほ、本当だよ……どうして、こんなことが……？　こんな展開、今まで一度も……』

グレンはおろか《無垢なる闇》ですら、戸惑いと驚愕を隠しきれなかった。

「ふふっ、これですよ、これ」

すると、システィーナが左手に持っていたものを掲げてみせる。

それは──

「……【輝ける偏四角多面体《トラペゾヘドロン》】……？」

「そうです。夢と現実の境界を弄《いじ》る秘宝。魔王フェロードが創り出し、ジャティスが手を加えて、私に託した魔王遺物《アーティファクト》。

この力を使って、夢と現実を完全に入れ替えた……ううん、違う！

新たな世界線と、新たな未来を創り出したんです！　私達で！」

グレンと《無垢なる闇》が開いた口が塞がらないでいると、システィーナは本当に安堵《あんど》したように息を吐く。

「本当に……困難だった……この秘宝をこの領域まで昇華させるのは……間に合って良かった……諦めないで……歩み続けて……本当に……本当に良かった……ッ！」

『そんなバカな話がありますかぁあああああああああ！』

途端、《無垢なる闇》が絶叫した。

『そんなバカな……そんなバカな話がありますか⁉　夢と現実を入れ替えて、新しい世界を創出する⁉　そんなの……そんなの、一個人の人間にできるわけがない！

だって、それは──我が主様の権能……』

「神のくせに頭悪いわね、貴女《あなた》！　私、言ったよね、私達でって！」

『……ッ⁉』

目を見開く《無垢なる闇》へ、システィーナが不敵に笑いかけながら言い放つ。

「そうよ、夢だったのよ！　あの時代を生きた人、皆の夢！

〝グレン先生がいる世界〟！

それが──私達の夢だったの！

多くの人達が望んだ夢だったから──皆で歩み続けた夢だったから──叶《かな》った！

全ての人が夢見た夢が、今、叶うの！」

そして、システィーナはグレンを振り返って、微笑《ほほえ》む。

「先生……歩み続けた貴方《あなた》の思いが、願いが叶ったんです。

貴方ががんばり続けたから、そこから全てが始まった。

私達も、魔王フェロードも、ジャティスすらも……貴方が歩み続けたからこそ、皆、貴方の背を追って歩み続けたんです。この奇跡に繫《つな》ぐことができたんです。

ただ、歩み続ければいい……結局、先生の仰《おっしゃ》った通りだったんです……」

『ば、バカな……貴女達……一体、何をやったのか、本当にわかってるんですか⁉』

震えながら《無垢《むく》なる闇》が呟く。


かつて、無限無数の人間達の存在情報を束ねることで、禁忌教典《アカシックレコード》に到達しようとした狂気の魔術師が存在した。

彼女の名は――アリシア三世。

四百年前のアルザーノ帝国を統治した、第十三代女王である。

彼女が目指した禁忌教典《アカシックレコード》――『Aの奥義書《おうぎしょ》』。

禁忌教典《アカシックレコード》が一にして全、全にして一であることに着眼すれば、世界中の人間の共通深層意識野――全ての人間と繫がる集合的無意識を一に束ねることによって、全、すなわち禁忌教典《アカシックレコード》に理論上到達できる。

そんなことは当然不可能であるから、強制的に集合的無意識を全に近づくまで束ねる
――それこそが『Aの奥義書』であり、『門の神』の力を使って無理矢理、次元の壁を超

越して到達する——それこそが魔王フェロードやジャティスの、多大なる犠牲を払う暴挙であった。

だが。

もし、世界中の人間の集合的無意識を、ただ一つの目的のためだけに、限りなく全に近く統一できたらどうか?

それは——まさに禁忌教典《アカシックレコード》の顕現に他ならない。

本来の禁忌教典《アカシックレコード》の力と比べれば、ただの一ページ、断片に過ぎない。

だが、その目的に関して発揮する力に関して言えば——万能。全知全能。

そう、彼らは、この世界はある意味、ついに到達したのだ。

——禁忌教典《アカシックレコード》に。

グレンが歩み続けた道の先に、禁忌教典《アカシックレコード》はあったのだ——

『嘘《うそ》だ……こんなの嘘! 嘘ですって! だとしても、貴女達下等で滑稽で面白いだけの玩具《おもちゃ》が、こんな神にも匹敵する大それた真似《まね》を——』

「ああもう、うるさい!」

ついにシスティーナがキレる。

「貴女はもうしゃべるな！　ひたすら不快でムカつくわ！　マリアは可愛《かわい》かったのに、同じ顔と身体《からだ》でこの酷《ひど》い差は一体、なんなのかしら⁉　ムカつくから、いい加減、その子の身体、返してもらうわよ！」

『──は？』

無視して、システィーナがパチンと指を打ち鳴らす。

その音が魔力信号となって、地上と空を繋ぐ──……

──。

地上──

アルザーノ帝国魔術学院の本館校舎屋上にて。

そこには巨大な魔術法陣や得体の知れない魔導機械、モノリス型魔導演算器《マギ・ピューター》が足の踏み場もないほど、積まれている。

「キタキタキタキタ──ッ！　合図きたぞぉ、待ちくたびれたぞぉおおおおおおおおおおおおおおおおおおおおお──ッ！」

モノリス型魔導演算器《マギ・ピューター》ごしにシスティーナからの魔力信号を受け取った、魔導工学教授オーウェルは、ハイテンションで装置を操作し始めた。

「早速、起動するがッ！　ところでハーレイ先生！　大丈夫かね⁉　この魔導装置の基礎理論は、君が一から組み立てたものだが！　自信のほどは⁉」

「フン。この天才に抜かりなどあるものか」

ハーレイが鼻を鳴らして眼鏡を押し上げる。

「外宇宙の神といえど、この物質界においては物質界の法則に縛られるのだろう？　ならば、付け入る隙は必ずある。《天空の双生児《タウム》》の力を借りた上、ましてや、この学院にはそういう筋に詳しい優秀な先生方が、大勢いらっしゃるのだからな……彼らの知恵を拝借して、理論一つ立てられぬようでは天才とは言わん」

ちらり、とハーレイが背後を流し見る。

そこには——

「うむ！　ハーレイ君の理論は間違いなく完璧なはずじゃ！」

白魔術の権威、ツェスト男爵が。

「はい！　私も肉体と魂のエーテル法医学理論からお役に立てて光栄です！」

学院の法医師セシリアが。

「ったく！　おかげで魔導考古学研究の時間が減ったぞ！　どうしてくれる⁉」

いつもブレない魔導考古学教授フォーゼルが。

他にもこのハーレイの術式開発に協力した、様々な学院の教授や講師陣が、そこには集まっている。

そして。

「……頼む、オーウェル君。やってくれ」

最後に、妻セルフィを侍《はべ》らせた学院長リックが、そう告げた。

「ＯＫ！　それでは名付けて――魔導装置『機械仕掛けの神《デウス・エクス・マキナ》』ッ！

今こそ、満を持して、起動ォオオオオオオオオオオオオ――ッ！」

――――。

その瞬間だった。

『ああああああああああああああああああああああああ

ああああああああああああああああああああ――ッ⁉』

大空に、地の果てまで届かんばかりの巨大な魔術法陣が展開されたかと思うと。

ガチン！　と《無垢なる闇》がその法陣にガッチリ捕らえられる。

途端、《無垢なる闇》が苦悶《くもん》にゆがみ始めた。

「ふふっ……さすがアルザーノ帝国が世界に誇る、世界最高峰の頭脳達……私も結構、良《い》い位階までいったけど、まだまだ学ぶことたくさんあるわね……」

にやりと不敵に笑うシスティーナ。

対して、《無垢なる闇》はそれどころではない。

『はぁあああああああ⁉　なんですか、なんなんですかコレェエエエ⁉　くそ……私の身体が……私の本質が……分離される……ッ⁉』

ず、ず、ず……と。

《無垢なる闇》の身体から、何かが上に引きずり出されていく。

逃げられない。防げない。

今、《無垢なる闇》は、この世界にいる。

《無垢なる闇》を排除するという、禁忌教典《アカシックレコード》そのものであるこの世界にいる。

その影響下ゆえに——《無垢なる闇》は逃げられない。防げない。

『く、ぁあああああ⁉』

世界という舞台上に引きずり出される化け物。

それは——確かに人の形はしている。

だが、異形の触腕、異形の鉤爪《かぎづめ》……それらは無定形の黒き肉塊と表現するしかない有り様だ。混沌《こんとん》に渦巻く顔のない頭部は、常に千変万化し、その真実の姿を対峙《たいじ》する者に掴《つか》ませない。

それはまさに、人の形をした深淵《しんえん》の底の底。

万千の色彩と混沌が織りなす、純粋にして〝無垢なる闇〟の——真の姿であった。

そして、そんな《無垢なる闇》が、マリアの身体から完全に引きずり出され、分離した瞬間。

シュン！　マリアの身体が消えた。

『なぁ……ッ⁉』

「悪いけど、マリアの身体は地上へ転送させてもらったわ！」

ドヤ顔のシスティーナに続き、ナムルスが補足する。

「《無垢なる闇》。外なる邪神達が、この地上……物質界に顕現する際、必ず何らかの肉の身体を纏《まと》うのは単純な話――肉体のない状態では、物質界では存在を保てないからよ。そうでなかったら、とっくの昔にこの宇宙の全世界が、外なる邪神どもに蹂躙《じゅうりん》されてるはずだろうし」

『～～ッ⁉』

「まぁ、当然よね？　物質界とその外側にある外宇宙では、ルールが違うんだもの。アウエーで全力出せるほど、貴方達《あなた》、都合の良い存在じゃないでしょう？

つまり、今の貴方は、己の存在を保つために全力で魔力を放出し、無理矢理、肉を纏っている状態。ましてや〝分霊〟ではなく〝本体〟なんて、あまりにもバカげた存在量を保つには、一体、どれくらい魔力をバカ食いしてることかしらね？　あー、大変ね。

要するに、アルザーノ魔術学院から貴方へ、対邪神専用究極デバフ攻撃＆生徒返却要求ってわけ。まぁ、多分、それ以外の力も働いているだろうけど？」

ナムルスが意味深げに、ちらりとこの世界を流し見る。

「言っておくけど、いくら不利で逃げたいからって、逃げられると思わないことね。

私だって《天空の双生児《タウム》》。外宇宙に存在する力ある邪神の端くれ。

素の貴方相手ならまだしも、あるいは以前の半分だった頃の私ならまだしも、アウエーで魔力バカ食いして全力を出せない貴方を逃がすほど――弱くないわ！」

そう宣言して、ナムルスが自身の《黄金の鍵》を振るうと。

空の世界をドーム状の格子《こうし》のような光の籠が覆い尽くす。

それは時間と空間の歪《ゆが》みが編み出す封牢《ふうろう》だ。

《無垢《むく》なる闇》といえど、肉体のない状態でこれを抜けるのは並大抵のことではない。

そんな空を、しばらくの間、《無垢なる闇》は呆然《ぼうぜん》と見て。

『オイ、お前……なんで、ここにいるんだよ？　《戦天使《ヴァルキリー》》……？』

「…………」

『お前、いつもだったら、一人で主様《マスター》……《神を斬獲せし者》を追いかけていってるはずだろ？

そんでもって、《戦天使》と呼ばれるほど存在高めてたけど、結局、追いつけずにどこかの世界で、私の眷属《けんぞく》にぶっ殺されていただろ？

その《戦天使》としての力だけ回収されて、私の何人目かの眷属の玩具になってたろ？

そういう哀れで滑稽な役回りがお前だろうが。

それがなんで、まだこの世界にいんだよ……？　しかも、いつも通り《戦天使》並みに、力をブチあげてさぁ!?　どうしてなんだよ!?』

「ああ……やっぱり、私、そうだったのね。ま、いいじゃない？　今回はそうならなかったんだから」

『よくねえよ、ド畜生がぁあああああああああああ！』

「うるさいわね、とにかく、貴方はもういい加減滅びなさい。かつての主《マスター》の無念を、そして、今の主様《マスター》の憤怒《ふんぬ》と鬱憤、そして私の怒り、全てを晴らしてやるわ」

『は、ははは……あははははは……何言ってんの？　何、マジになっちゃってんの？』

やがて、気を取り直したのか嘲るように笑った。

この世界のあらゆる汚音と不快音を煮詰めたような、悍《おぞ》ましき怪音。

それでいて、この世界の至高の楽器と演奏家達を寄せ集めて、神域の楽曲を合奏させたかのような美音が、その場の者達の耳をかきむしる。

『ちょおっと、こんな小細工仕掛けられたの初めてで、びっくりしただけなのに！　何をそんなに勝ち誇ってるんだか！

こんなの！　ここにいる小豆さん達をプチプチ潰して、《天空の双生児《タウム》》もぶっ潰して、地上を焼き払って、人間皆殺しにしてエセ禁忌教典《アカシックレコード》をぶっ壊して、さっさと依《よ》り代《しろ》を取り戻せばいいだけの話じゃないですかぁ！

なのに、何を偉そうに、きゃっはははははははははは――ッ！』

「やれば？　できるものなら」

そんなナムルスの言葉に応じるように。

「眷属秘呪《シークレット》ノ極【第七園】――《無間大煉獄真紅《だいれんごく》・炎天》ッッッ！」

その瞬間――世界が輝いた。

炎の色が瞬時に変わる。

熱量が上昇する都度――赤、橙《だいだい》、白、青、黒と変化し――

最後は、ルビーのように輝き透き通る、美しき真紅が爆発的に燃え上がり、無限熱量――到達。

世界が――赤く、紅《あか》く染まる。

『ギャあああああああああああああああああああああアアアアアアアアアアアアアアアアアアアアアアアああああああああああああああああア～ッ!?』

さすがに、あらゆる魔術的防御をそれごと焼き尽くす無限熱量に灼《や》かれるのは、堪《こた》えるらしい。

堪《たま》らず、《無垢なる闇》の絶叫が上がった。

「皮肉ね、灼かれるのは貴方だったみたい」

苦悶に歪む《無垢なる闇》へ、炎の主——イヴが言い放った。

『な……この熱量……まさか、宇宙開闢の始原《ビッグバン》の火!? 嘘《うそ》だ! バカな! な、なんで人間が、どうして人間ごときがそんな熱量を……ッ!?』

「フン、しぶといわね。どうやら焼き尽くす端から、魔力で瞬時に無限再生しているようね」

『く、ぅ、あ……ッ!?』

「貴方の残りの魔力量はどれくらい? 億? 兆? ひょっとして……無限?

ええ、それでも構わないわ!

私も貴方を無限に燃やし続けてやる!」

炎は完璧に制御され、この場で灼かれるのは《無垢なる闇》だけだ。

イヴの炎がさらに熱く真っ赤に輝き、《無垢なる闇》を焼いていく。

無限熱量。

外宇宙最強格の邪神ですら、この熱の前にはただではすまされない——

『ウゼェエエエエエエエエエエ——ッ! この人間の行き遅れの小娘ごときがぁああああああああああああああああああああああああああああ——ッ! ちょっと始原の火に至った程度でぇええええええええええええええ——ッ!?』

自分にとっては羽虫のような存在に、かなり手痛く噛《か》みつかれ、怒り心頭となった《無垢なる闇》が全身を変形させて、全身から無数の触手を放つ。

その数、数千、数万にも達し、その一本一本が、空間の亀裂、隙間に滑り込み、空間の次元を超えて、近過去から、近未来から、並行世界から、因果律を超えて、四次元的全方位からイヴへと襲いかかる。

が——

「させないわ！」

システィーナの放つ、次元を超えて果てまで届く輝ける風が。

「今さら、そんなもの！」

ルミアの振るう、時間と空間を支配する《銀の鍵》が。

「いいいいいいいやぁああああああああああああ——ッ！」

リィエルの振るう、全ての概念や運命すら斬り裂く銀色の剣閃《けんせん》が。

「──容易《イージー》だ」

アルベルトの、全てを理解し、見切る右眼《みぎめ》で見据えて放たれる雷閃《らいせん》の魔術が。

あらゆる方向から光の速さで飛来してくる触手の群れの悉《ことごと》くを、吹き散らし、止めて、追放し、圧壊し、斬り裂いて、撃ち落としていく──

『んな──ッ⁉　嘘⁉　あ、貴女達の力って、そこまで──ッ⁉』

《無垢なる闇》が驚愕《きょうがく》している間にも。

「はぁあああああああああああ──ッ！」

左手を天へ掲げるイヴの無限熱量は、さらに美しき真紅に輝き、《無垢なる闇》を焼いていく。

『熱い！　熱い！　熱い熱い熱い！　いい加減にしろ、このドグサレ女──』

「隙あり」

『──ぎゃあああああああああああああああああ──ッ⁉』

天空より飛来するリィエルの脳天唐竹割りが、綺麗《きれい》に完全に入る。

「ふ――ッ！」

さらに、ルミアの放った黒孔《ブラックホール》が、《無垢なる闇》をぐしゃぐしゃに押し潰していき
――……

「やぁあああああああああああ――ッ！」

システィーナの光速を超える風が生み出す絶対零度が、《無垢なる闇》を問答無用でボロボロと崩していく。

その都度、《無垢なる闇》が悲鳴を上げて苦悶《くもん》する……

「な、なんだこりゃ……凄《すげ》え」

グレンはそんな仲間達の奮戦の光景を、ただ黙って見ているしかない。

「しかし……どういうことなんだよ……？　どいつもこいつも、またさらに位階が上がってやがる……おまけに、地上の連中との連携といい、色々と準備良すぎだろ……」

「そりゃそうよ。準備してたんだもの」

グレンの隣にナムルスが並ぶ。

「……え？」

「貴方が《無垢なる闇》と共にこの世界を去っていった後……皆《みんな》、貴方のことを諦めきれ

なかった。

貴方《あなた》がいない、偽りの平和と平穏なんて、受け入れられなかったの。

だから……皆、彼女を……システィーナを信じたのよ。貴方の一番の弟子をね」

ナムルスとグレンがシスティーナを見上げる。

今、システィーナはあの《無垢なる闇》を相手に、一歩も引かず戦っている。

むしろ、ルミア、リィエルと連携し、圧倒しているほどである。

「彼女が、真なる【輝ける偏四角多面体《トラペゾヘドロン》】を完成させた時に備えて……誰もが、ずっと準備をし続けてきた。皆、必死に準備したのよ」

「…………」

「そりゃ、システィーナが提案したバカげた妄想……最初は、多くの者達が信じなかったわよ……そんなことできっこないって。

でも、ただ直向《ひたむ》きに歩み続ける彼女の姿は……まるで貴方みたいで……結局、皆、彼女を信じた。信じたくなったのよ。

ただ歩み続けるだけでいい。貴方の到達した答えの通りだった」

「…………」

「報われたのよ、グレン。貴方は……ううん、皆が報われた」

ナムルスが目を閉じ、薄く微笑《ほほえ》む。

その頬を涙が伝っていた――……

と、その時だった。

『がぁあああああああああああああああああああアアアアアアアアアアアアアアアアアアアアアアアアアアアアアアアアアア――ッ！』

《無垢《むく》なる闇》が全身から壮絶な魔力を放射する。

その衝撃で、まとわりつくシスティーナ達を振り払う。

『クソがぁっ！　ゴミ共が調子に乗りやがってぇえええええええええ!?

ああ、いいよ、いいですよ、少しは認めてやりますよ、ド生ゴミ野郎ども！

確かに、人間にしてはやる方ですよ！

でもね、所詮、貴方達は人間、そして私は神！　そこに越えられない絶対的な壁があるんですってば！』

「ほう？　壁か」

『そう、壁！　貴方達人間は、どう足掻《あが》いても、神である私の本質――存在そのものを理解することはできませぇええええええんっ！

だって、私はただの神じゃありませーん⁉　混沌《こんとん》そのものですのでーっ！　神殺しの《神を斬獲せし者》ですら滅ぼせなかった私を、貴方たち人間がどうこうできるわきゃーねぇでしょぉおおがぁあああああああああ⁉

ここでいくら私を殺したとしても、私の存在そのものを滅ぼすことは、絶対にできませぇえええええええええん！　まーた、混沌渦巻く外宇宙で復活しまーす、残念でしたぁああああああああああああああああああああ――ッ！

ぷっ！　バカ共が粋がるからですぅ！　もし、ここで万が一、私が負けたとしても、絶対この世界に帰ってきて、もうそれはそれは惨《むご》たらしくぶっ滅ぼしてやりますからキャハハハハハハハハハハハハハハハハハハハハハハハハ――ッ！』

「成る程。ならば是非そうするがいい。……次があればな」

『って、誰ですか貴方。さっきからいちいちうるさ――……あぁ？』

と、その時、《無垢なる闇》が固まった。

その視線は、先ほどから《無垢なる闇》の言葉に応じていた、とある男へと注がれている……正確には、その燃えるように金色に輝く〝右眼〟に――

『え？　ちょ……何それ……まさか……【選理眼《リアライザー》】……？　な、なんでそんなものが……

こんな世界に……？』

「人が神を、混沌を理解できぬなど、誰が決めた？　理解できないものに常に挑み続け、克服してきた永遠の探索者こそ、俺達人間だ。魔術師だ」

アルベルトが淡々と言い放つ。

「──容易《イージー》だ。俺は、お前という存在を理解した。お前は最早《もはや》、滅ぼせぬ混沌の神ではない。ただ強いだけの〝化け物〟だ。いつまで捕食者を気取っている？　今のお前は──ただの獲物だ」

言い放つと同時に、アルベルトが《無垢なる闇》を指さす。

その指先から放たれる『七星剣』──黒魔《くろま》【ライトニング・ピアス】の七射同時起動《シンクロノス・ブート》。

放たれた七射の雷閃が、それぞれ変幻自在な高速軌道を描いて、虚空《こくう》を駆け流れ、無限に折り返し、反転し、翻《ひるがえ》って──

呆気《あっけ》に取《と》られる《無垢なる闇》を切り裂き、突き刺しまくるのであった。

『ギャッ⁉　ゲブゥ⁉　あがぁあああああ⁉　痛《い》ってぇ！　クッソ痛《いて》ぇえええええええええええええええ！　これが、てめえらの低俗な魔術の威力ってレベルかよぉ、【選理眼《リアライザー》】の腐れ目玉ド畜生ォオオオオオオがぁああああ⁉』

《無垢なる闇》がこれまでで一番、苦悶にのたうち回るが……

『ききゃきゃきゃきゃ……でも、惜しいですねぇ……っ!?　あの赤い中古行き遅れババアや、くっせえ白い雌猫豚に比べたら、出力足りてねーんじゃねーですかねぇええええええええええええええええええええええ────っ!?』

「……！」

『えらっそうな、てめーの攻撃が確かにいっちばん、痛ってぇけどぉよぉおおお!?　その程度の魔力じゃ、物理的な意味で殺されてやれねえよ、ボケ！

あああああああああああ────っ！　おっしいなぁ!?　てめえの腐ったサバのようなド腐れ目ん玉が、赤ババアか白豚についてりゃ、話違ったんですけどねぇえええええええええええええええええええ!?』

業腹《ごうはら》だが、《無垢なる闇》の指摘通りだ。

盾役のルミアやリィエルは《無垢なる闇》の超絶的な攻撃を捌《さば》くので、手一杯。

イヴやシスティーナの攻撃には、《無垢なる闇》を殺せる威力があるが、その存在の概念を理解できないので、滅ぼすまでには至らない。

逆に、アルベルトの攻撃は、その存在の概念を理解できるがゆえに滅ぼせるが、魔力の差から物理的に殺すまでには至らない。

だが──

「問題ない」

アルベルトは淡々とそう言いきった。

「もとより、俺達は脇役……主役の引き立て役だ」

『はぁ……？』

「物語の幕引きはいつだって、主役――〝正義の魔法使い〟の一撃だ。そういうものなのだろう？」

そう言って。

アルベルトが、不意にグレンへ何かを投げ渡す。

「ッ⁉　こ、これは……」

瞬時にこれがどういうものか察したグレンが、驚愕する。

「使え。お前の可愛《かわい》い弟子が作り上げた特別製だ」

アルベルトが珍しく薄く笑う。

「まさか……アイツ、至ったのか？　この術に？」

「そうだ。それに、俺が得た〝理解〟を込めた。イヴ、システィーナでは無理だが、今のお前なら〝理解〟を己がものにできるはず。まぁ、どのみち、脳が焼き切れるほど苦しいだろうが、そこは気合いでなんとかしろ」

「し、しかしよ……これを起動するにゃ……どうしたって魔力が……」

もう、今のグレンには、悠久の時の果てに練り上げた絶大な魔力は到底、ない。

今のグレンの魔力では、《無垢なる闇》を滅ぼせるほどの出力には到底足りない。

「安心しろ。……皆、準備していいた……そう言ったろう？」

そんなアルベルトの意味深な言葉に。

「……ああ、そうだな」

その何かに走る術式を見て、それに気付いたグレンは不敵に笑い、力強く頷《うなず》いた。

「使わせてもらうぜ！」

ぴん、と親指でその何かを、頭上に弾《はじ》き飛《と》ばす。

それは、何か小さな結晶のようなものだ。

そして、グレンは落ちてくるその結晶を、横に薙《な》いだ左手で掴《つか》み取る。

結晶を握り込んだ左拳に右掌《みぎてのひら》を、ぱん、と合わせる。

そして、叫ぶ。


「〝……頼む……皆……俺に力を貸してくれ！〟」

すると――
――――。

地上――アルザーノ帝国魔術学院の中庭にて。

「来たぞ⁉　聞こえた！　先生の声だッ！」

カッシュが興奮気味に、腕を振り上げた。

「今だ、皆《みんな》！　今こそ、この日のために鍛え上げた俺達の魔力を……先生へ全部送るんだぁあああああああ！」

「ええ！　ぶっ倒れたって構いませんわ！」

「全てを終わらせるために……ッ！」

カッシュを筆頭に、ウェンディ、ギイブル、テレサ、セシル、リンが。

二年次生二組の生徒達が空へ向かって左手を掲げる。

彼らだけではない。

「ちっ……面倒かけさせやがって、あのバカ講師……」

「先生……どうか……」

ジャイルやリゼといった、他クラスや他学年次の生徒達も。

「先生っ！　わたくしの魔力も受け取ってくださいまし！」

「ああ、アタシもだッ！」

「まぁ……一応、私も」

フランシーヌ、コレット、ジニーら、聖リリィ組も。

「先生……よろしくお願いします」

「どうか……」

レヴィン、エレンら、クライトス校組も。

「今じゃや、皆の者！　全力で送るんじゃや！」

「はい、貴方《あなた》！」

「よっしゃ、この私に任せろぉおおおおおおお――――ッ！」

「……フン」

「うむ！　年甲斐《としがい》もなく本気を出そうかのう！」

「グレン先生……私の分も……ッ！」

「くそっ！　僕はいつになったら論文作業に戻れるんだ、いい加減にしろォオオオオオオオオオオオオ⁉」

リック、セルフィ、オーウェル、ハーレイ、ツェスト男爵、セシリア、フォーゼルら学院の教授・講師陣も。

学院の全ての人間が、左手を空へ向かって掲げる。


────。

──フェジテ都市内、大勢がごった返す大通りにて。


「先輩ぃいいいいいい～ッ！　お久しぶりです！　私の魔力も持っていってくださぁあああああい！　……ほぼゼロですけど」

「はぁ……しまらない人。でもまぁ、グレン先生。……私の分も」

「そうね、私達も微力ながら力にならせてください」

ロザリー、ウル、ユミスが左手を掲げる。

それにしたがって、フェジテの全市民が次々と左手を掲げていく——

「グレン君。娘はやらんが、魔力くらいならくれてやる」

「やだもう、貴方ったら、こんな時まで……」

レナードにフィリアナ……システィーナの両親達も左手を上げる。

「グレン、私達のこと覚えているかな……？」

「私達は覚えています。今こそ、ご恩を返させてください……」

「ええ、微力ながら、僕も」

ニーナ、ネージュ、ヒューイが左手を上げる。


——。

「グレン＝レーダスは、我が帝国が誇る英雄です！

かつて、我々の世界のために、空の彼方《かなた》へと旅立ち、一人戻らなかった彼を取り戻すために……今こそ、全帝国民、心を一つにして、空にその手を掲げるのです」

アルザーノ帝国女王アリシア七世も。

「ですな。彼を失うのは帝国の名折れ」

「ま、若いもんは未来だしな」

現帝国重鎮、エドワルド卿《きょう》も、ルチアーノ卿も。


「はい！　お母様！」

アルザーノ帝国王位継承順位第一位の王女レニリアも。

「……御意。あの若者のためならば」

王室親衛隊総隊長に復帰したゼーロスも。


「先輩……よろしくお願いします」

クリストフも。

「グレ坊、バシッと決めろよ？」

バーナードも。

「先生……」

エルザも。

「ちっ……いけ好かないけど」

ルナも。

「同感」

イリアも。

「……主様《マスター》。どうか……」

ル＝シルバも。

「おらぁあああああ！　空の英雄様のためだ！　お前ら気合いを入れろぉおおおッ！」

「ええ、了解っす！」

「「「ぉおおおおおおおおおおおおおおおおおおお――ッ！」」」

クロウやベアを筆頭に、全帝国軍も。

ありとあらゆるアルザーノ帝国の民達が一丸となって、次々と手を挙げていく。

そして、それは帝国だけに限った話ではない。

——。

聖エリサレス教会教皇庁の現トップ——ファイスも。

「グレン君……最後は君に託すよ。頼む」

「僕達のかけがえのないライバルを教えた先生、か……是非、僕らもゆっくり教えを請《こ》いたいものだよね」

魔術祭典でシスティーナ達と鎬《しのぎ》を削ったハラサのアディルや日輪の国のサクヤも。

「ええ、そうですね」

「あの大戦で、この世界を守るために空へ旅立ち、世界を救って帰ってこなかった英雄……」

「その大恩は、忘れたことはない！」

「彼のためなら……ッ」

世界各国の人々――

あの大戦を体験し、グレンの空の戦いを見守っていた世界中の全ての人々が――

手を上げる。上げる。上げていく――


今、グレンの呼びかけに応じ、世界は一つになったのだ――

――。

「ぉ、ぉおおおおおおおおおおおおおおおおおおおお⁉」


思わずグレンが悲鳴を上げた。

魔力が、魔力が、魔力が集まっている。

世界中の人が掲げた手から、遙《はる》か次元を超えて、譲渡された魔力が――グレンの両手をへと集まっていく――……

凄《すさ》まじい魔力だった。

量だけではない。量以上の何かがその魔力に籠もっている。

そして、どこまでも眩《まばゆ》き、黎明《れいめい》のような美しき魔力の輝き。

それは——まさに人間の誇りの輝きだった。

『そんなバカな……本当に、擬似的な禁忌教典《アカシックレコード》を成し遂げやがってる……ッ!?』

信じられない事実と現象を前に、《無垢《むく》なる闇》は震えて。

「いける……ッ！　これならいけるぜ……ッ！」

グレンは、その絶大な魔力を使い、とある魔術を起動しようと集中を高めていく——

『させるかぁあああああああああああああああああ——ッ！』

ぞくり、と。

不穏な何かを感じたらしい《無垢なる闇》が、グレンへと手を伸ばす。

『てめえらの低俗な魔術なんてですねぇ!?　《■■——》』

そして、得体の知れない言語で呪文を唱え、何らかの魔術を起動しようとするが——

何も起こらない。

『なっ、なんでだぁあああああああああああああああ──ッ⁉』

「やっぱ、俺と言えばコレだよな？」

見れば。

グレンは、口に一枚のアルカナを咥《くわ》えている──

「固有魔術《オリジナル》【愚者の世界】！　俺を中心とした一定領域内における、魔術起動の完全封殺──もっとも、今回は【THE FOOL HERO《ジ・フール・ヒーロー》】の力を併用して、魔術を封殺されんのはお前だけなんだがな？　俺すら、俺の邪魔はできねえってやつだ」

『ふざけるなですぅうううううう⁉　なんだそりゃ、ズルいだろ、ぶっ殺すぞおおおおおぉああああああああああああああ──ッ⁉』

そんなことをやっているうちに。

世界中からグレンの両手に集まってくる魔力は、ついに極限に達した。

まるで太陽そのものだった。

『な、なんだ……何をする気だ……ッ⁉』

「この状況で俺がやることなんざ、最初から決まってるぜ……ッ！」

そして、グレンは魔力を操作し始める――

暴走にも等しい魔力を全身全霊で操作する最中――

グレンは――声を聞いた。


〝だから言ったろう？　僕は勝っていたって〟

〝まぁ、君に譲るよ、その役。精々しっかりやってくれよ？　師匠《グレン》〟


どこまでも独善的だったけど、それゆえに間違いなく純然たる最強の正義でもあった、とある男の声が聞こえた気がした。

失《う》せやがれ、と。グレンは心の中で嫌そうに舌打ちする。

ほんのちょっとだけ、とある少年を思い出して複雑な気分になりながら。


〝こんな僕が、今さら君にこんなことを頼むなんて筋違いだとは思っている……〟

〝でも、頼む……倒してくれ……《無垢なる闇》を倒してくれ……〟

〝それだけが僕の望みだ……〟

どこまでも直向《ひたむ》きだったけど、それゆえ心折れて歪《ゆが》んでしまい、最後は間違えてしまった魔王の声も聞こえた気がした。

ああ、任せろ、とだけ。グレンは心の中で頷《うなず》く。

そして──……

〝大丈夫……グレン君なら、きっと……〟

〝だって、貴方《あなた》は、私の──……〟

──。

「…………」

この世界の全ての思いを受け取り。

グレンの歩む果てしなく長い道のりの中、様々な出会いがあった。

そして、その誰か一人でも欠けていたら、きっと為《な》せなかった奇跡を、ここに為す。

今、グレンは満を持して、終わりの、そして始まりとなる呪文を唱える。

「《我等は神を斬獲せし者・──》……」

ゆっくりと。

「《我等は始原の祖と終を知る者・──》……」

殊更にゆっくりと。

グレンは魔力を高めながら、意識を集中させ、一言一言呪文を紡《つむ》いでいく。

唱えた呪文に応じて、グレンの左拳を中心に、リング状の法陣が三つ、縦、横、水平に嚙《か》み合《あ》うように形成され、それぞれが徐々に速度を上げながら回転を始めた。

『や、やめろ……』

途端、狼狽《うろた》え始める《無垢なる闇》。

みっともなくこの世界から逃げ出そうと足搔《あが》くが、システィーナ達の猛攻撃が。

ナムルスの張った檻《おり》が、《無垢なる闇》を決して逃がさない。

そうしている間にも、グレンは呪文を唱えていく。

「《其は摂理の円環へと帰還せよ・五素より成りし物は五素に・象と理《ことわり》を紡ぐ縁は乖離《かいり》すべし・いざ森羅の万象は須《すべから》く此処《ここ》に散滅せよ・――》」

『う、嘘《うそ》だろ……嘘でしょ……ッ!? 僕が、私が、俺が、我が、こんな……こんな所で……ッ!?』

「《――遥《はる》かな虚無の果てに》いぃいいいいいいいい――ッ!」

『こんな……こんな所でぇえええええええええええええええ!? こんな、ゴミみたいな人間共にぃいいいいいいいいいいいいいいいいいいいいいいいいいいいいいいいいい!? 宇宙開闢《かいびゃく》からこの玩具箱《おもちゃばこ》で遊び続けてきた、これからも遊び倒すべき存在の私がぁあああああああ!? 一体、何の冗談だ、これはぁあああああああああああああああああああああああああああああ

ああああああああああああああああ――ッ⁉
大体、何だよおかしいだろ⁉　なんでこの時点でこの六人＋αが全員揃《そろ》ってんだよ⁉
グレンと《天空の双生児《ナムルス》》以外、いっつもいっつも誰かしら欠けてただろ⁉』

そう、無限に繰り返される周回の中には、様々な姿の彼らがいた。
魔術師をやめ、後悔ばかりの惨《みじ》めな人生を終えるシスティーナいた。
行きすぎた自己犠牲で、若くして儚《はかな》く散ってしまったルミアがいた。
全てを捨てて剣に成り下がり、戦場で呆気《あっけ》なく果てるリィエルがいた。
鍵を手に取って魔将星へと墜《お》ち、最後は友に背中から撃たれるアルベルトがいた。
イグナイト卿《きょう》の走狗《そうく》に成り果ててしまい、反逆者として処刑されるイヴがいた。

だというのに――

『なんで今回に限ってこんなことに、嫌だ助けてママぁああああああああああああああああああああああああああ――ッ！』

最早《もはや》、同じ空間にもいたくねえぜ、ドグサレ野郎。
消えろ、この全宇宙から。お前はいらねえ。
グレンは都合七節にも亘《わた》って紡がれた、渾身《こんしん》の大呪文を完成させる。

「ぶッ飛べ、有象無象！　黒魔《くろま》改【イクスティンクション・レイ】――ッ！」

グレンが前方に左掌《ひだりてのひら》を開いて突き出す。
左掌を中心に高速回転していたリング状の法陣が前方に拡大拡散しながら展開。
次の瞬間、その三つ並んだリングの中心を貫くように。
発生した超特大の、この世界の全てを埋め尽くさんばかりに眩き黎明の光の衝撃波が、
前方に突き出されたグレンの左掌から放たれ――

《無垢《むく》なる闇》まで一直線に駆け抜け、容赦なく呑《の》み込んだ。

白く。
白く。
世界が白く――

『ぎゃああ――ッ!?』

《無垢なる闇》の輪郭が崩れ、光の奔流の中へ押し流されていく。
そんな断末魔の叫びすらも、押し流していく。
終わりを告げ、始まりを告げる光が。

今、全てを無にしていくのであった――……

エピローグ　明日は――……

「……ん……？」

どうやら、本を読みながら、うたた寝していたようだ。
私――セリカ＝アルフォネアは、ふと目を覚ます。

「…………」

見渡せば、そこは――いつもの場所。
年中、吹《ふ》き荒《すさ》ぶ吹雪と、雪と氷に閉ざされた、極寒のスノリアの山の奥深く。
とある洞窟の奥に、ひっそりと築かれた庵《いおり》。
簡素なベッドと本棚、絨毯《じゅうたん》。ランタン。
燃える暖炉の前で、素朴な揺り椅子に深く身を預けて腰かけている。

ここは――この私の最後の住処《すみか》であり、墓場だ。

この古代文明と呼ばれる遙《はる》かな過去世界で、自分がやるべきことを全て終えた後……私はここでひっそりと隠遁《いんとん》生活を送っている。

もうこの世界で、私ができることは何もない。

そもそも、私はもうほとんどの魔術能力を失っているし……俗世に関わるには、未来のことを識《し》りすぎている。

何がどう、未来に影響するかわからない。

ゆえに、もう人と関わるべきではない。決して表舞台に出てはならない。

それが、私の魔術師としての結論だ。

幸い、ここでの生活は悪くない。封印前のル＝シルバと協力して作ったこの庵は、こんな僻地《へきち》での生活に必要な様々な魔術式が組み込まれ、日々時を過ごすのにまったく不自由がない。

ただ、少しだけ寂しいことを除けば――……

「…………」

手元を見る。

それは、私がうたた寝する前に読んでいた本――『メルガリウスの魔法使い』――なぜか、この時代へ旅立つ前、家から持ってきてしまった本だ。

物語は、すでに最終盤――魔王を倒して、エンディングに入っている。

ふ、と笑い、私は本を閉じた。

そして、今の今まで彷徨《さまよ》っていた夢に思いを馳《は》せる。


「……久々に、あいつ《グレン》の夢を見たな」


それはまるで、現実のようにリアリティのある夢だった。

グレンが結婚すると聞いて。

慌てて、滅びたはずの南原まで飛んでいって。

そこで――……


「……良《い》い夢だった」

いや、私とて、腐っても〝天〟の領域に到達した魔術師のはしくれ。
なんとなくわかる。
きっと、あの夢の正体は。
そして、グレンは――……
「……バカなやつ。でも、お前は私の誇りだよ」
そう呟《つぶや》いて、私は立ち上がる。
ん～っと小さく伸びをして、庵を出て、洞窟の外へ向かって歩き始める。
久々に、外の空気が吸いたくなったのだ。
――。
「おお、珍しい」
洞窟の外に出てみると、言葉通り今日は吹雪が止《や》んでいた。
当然、周りは雪と氷に閉ざされた極寒の地だが、空の分厚い雲は切り裂かれ、刺すように輝く陽光と、抜けるような青い空が広がっている。

フェジテの方角に目を細めてみれば……今日も幻の天空城の姿が、雲の隙間に遠く小さく見えた。


「……どうなったかな？　あいつの最後の戦いは……」


もう、全ては完全に自分の手を離れた。

遙か未来、あの空の城で行われるだろう最後の戦いが一体どうなるのか、最早、想像もつかない。

だが——信じられる。

様々な紆余曲折《うよきょくせつ》があろうが、横やりが入ろうが、予想もつかないちゃぶ台返しがあろうが。

私の最愛の弟子が——必ず勝つと。

歩み続けた果てに、輝かしい未来を掴《つか》むと。

私は、それを不思議と確信し、欠片《かけら》も疑っていなかった。

「……幸せになりな、グレン。

実は私、物語のバッドエンドって大嫌いなんだ。なぁんで長々と物語に付き合ってやって、最後に気分悪くさせられなきゃならないんだってな。

いくら話が深かろうが、物語的に美しかろうが、バッドエンドなんかいらん。

浅くても、強引でも、駄作でも、最後はハッピーエンドでいいんだよ。それが物語のあるべき姿、だろ？」

そんなことをぼやいて、私は祈る。

「お前の物語が、ハッピーエンドでありますように──……」

──と、その時だった。


〝……ああ、そうだな、その通りだ〟

〝バッドエンドなんかいらねえ〟

〝そっくりそのまま、お前に返してやるぜ〟

空からそんな、懐《なつ》かしいあいつ《グレン》の声が聞こえたような気がして。

幻聴？　いよいよヤキが回ったか……私が思わずため息を吐《つ》いていると。

ぴしり。

不意に空に亀裂が走って――

カッ！

その隙間から眩《まばゆ》い光が強烈に差し込んで、視界を白く灼《や》き――

空いっぱいに魔術法陣が展開され、〝門〟が開く――

「な、なんだなんだ……？　何が起こった……？」

あまりにも突然のことに、私が目を瞬《しばたた》かせて呆然《ぼうぜん》と空を見上げていると。

「セリカ！」

それは、夢か幻か。

この現実では、もう二度と会えないはずのグレンが、その門から舞い降りてくる――

ああ、どうやら私はまだ夢を見続けているらしい。

こんな。

こんなことが、あるはずが――……

「夢じゃねーよ！　現実だよ！　しっかりしろ、セリカ！　おい！」

着地したグレンが、駆け寄ってくる。

そして、私を強く、強く抱きしめてくるのであった。

この極寒の地にあって、とても温かい。

この熱は――夢なんかじゃない。

「は、はは、ははは……一体、これはどういうことだよ……？　なんで、お前が、こんな……」

思わず目頭を熱くする私を放し、グレンが私の肩に両手を置いて言う。

「えーと、な……あれから色々あって、色々ありすぎて、何がなんだかようわからんうちに、俺、神様になっちまってなぁ……」

「神様？　グレン、お前、頭大丈夫か？」

「うるせえ、ほっとけ。おまけに、次元を超える風を操る白猫や、時間と空間を支配する

ルミア、《天空の双生児《タウム》》の権能を取り戻したナムルス……連中の協力もあってな」

「グレン、お前、頭大丈夫か？」

「だから、うるせえ、ほっとけ！　とにかく色々あって！　お前をこうして迎えに来ることができるようになったんだよ！」

「…………」

「安心しろ。あのタウムの天文神殿の天象儀装置《プラネタリウム》とは根本的に時間跳躍の理論が違《ちげ》え。今のお前でも連れて帰ることは可能だ」

「…………」

「もっとも、お前を連れて帰れるのは、お前自身のおかげだけどな」

ただただ、呆然とするしかない私を、グレンが少しだけ怒ったように睨《にら》み付《つ》けてくる。

「……お前、あの戦いの後……人との関わり合いを完璧に断って、表舞台や歴史に一切合切関わらない孤独の人生を選択した……そうだな？」

「…………」

「ここでお前を連れて帰っても、未来は何も変わらない。矛盾や歴史改変は起こらない。だから……俺は、こうしてお前を、元の時代へ連れて帰ることができるんだ。お前のその行動は魔術師の鑑《かがみ》ではあるがよ……本当に、お前ってやつは……ッ！

でも……良かった……本当に……」

そんなことを並べ立てるグレンに。

私はぽつりと言った。

「ああ、なんだ……やっぱり、こりゃ夢だな……」

これが夢でなくてなんだというのか。

「夢か、どうかは」

ただただ涙を流す私の手を引き、グレンが虚空《こくう》の門へ向かって飛翔《ひしょう》する。

「すぐにわかるぜ！」


そうして。

グレンは私を誘《いざな》い、天へと上っていくのであった——……


——。

かの童話『メルガリウスの魔法使い』の著者、ロラン＝エルトリアは、その巻末にて、かく語りき。

〝この物語はすでに終わった物語であり、決まった結末が定められている。〟

〝結論を言えば、魔法使いは姫を救うことはできなかった。使命を果たした後、愛する者も、友も、全て失った彼は、失意のうちに歴史の表舞台から完全に姿を消し、一人孤独な死を迎えたという記述が、各地から発掘される文献に散見される。〟

〝偉大なる偉業を成し遂げた偉人としては、あまりにも報われない人物——それが、魔王を倒した『正義の魔法使い』だったのだ。〟

〝だからこそ、私はせめて、物語の中だけならばと、魔導考古学者としての矜持《きょうじ》を曲げて、この結末をねじ曲げた。〟

〝正義の魔法使いは、魔王を倒して、お姫様を救いだし、皆と幸せに暮らした……これは偽りの大団円なのだ。〟

〝実際は、ただの報われない悲劇だったのだ。〟

〝だが。〟

〝もし、これを読む貴方《あなた》が、そのような悲劇の結末を拒絶するならば——ここに、一つの、とある事実を開示しよう〟

〝それは――魔法使いの故郷への帰還説だ〟

〝正義の魔法使いとは、元々、この世界の人間ではなく、どこか別の遠い世界からやってきた存在であるという説があり、そこには彼の愛する家族や仲間達がいたとされ、全ての役割を終えた魔法使いは、迎えに来た弟子と共にこの世界を去り、その元の世界で、家族と一緒に幸せな余生を過ごした……というものである〟

〝この説を裏付ける文献や逸話は、北のスノリア辺りを中心に散見され、実際、こんな碑文も発見されている〟

〝『魔法使い、天に上る光の中へと消えていく。愛弟子《まなでし》に誘われるがままに』〟

〝……正直に言えば、童話作家でもある私の目からしても、さすがに荒唐無稽すぎると言わざるを得ない〟

〝いかにもご都合主義な物語的展開。恐らく、当時、魔法使いの悲惨な最期《さいご》を惜しんだ者達の創作であることは想像に難《かた》くない〟

〝でも、物語など、それくらいハッピーエンドでちょうど良《い》いものだ〟

〝歩み続けた者には、幸せな結末を〟

〝それこそ、読者が望むものなのだから――〟

――。

――。

――。

そして――

――。

――。

――。

──聖暦一八五四年テトの月。

あの空の戦いから数ヶ月経《た》ち、現在復興中の帝都オルランド。

再建中の帝国宮廷魔導士団の本拠地《業魔《ごうま》の塔》、特務分室の職務室にて。

「あああああああああああああああっ！　もうっ！　仕事多すぎる、バカじゃないの⁉　コレェエエエエエ⁉」

特務分室の室長にして執行官ナンバー1《魔術師》のイヴは頭を抱えて、テーブルに突っ伏した。

「そりゃあ、イヴちゃんはそうじゃのう……帝国軍のトップと兼任じゃからのう。くくくくく、やっぱ出世なんてしなくて大正解じゃわい！」

執行官ナンバー9《隠者》のバーナードが哀れむように、揶揄《からか》うように言う。

「あの戦いから時間は経ちましたけど……まだまだ、世界各地の治安情勢は不安定ですからね。僕らも、もっとがんばらないと」

執行官ナンバー5《法皇》のクリストフが苦笑いして言う。

「そうですね、皆《みんな》が安心して暮らせるよう、私も尽力いたします！」

執行官ナンバー10《運命の輪》のエルザも、気合い充分でコクコク頷《うなず》く。

「気負う必要はない。平和になろうが、どのみち、俺達のやることなど変わらん。天の智慧《ちえ》研究会は滅んだが、いずれ必ず他の外道魔術師や犯罪者が湧いて出る。そういう連中と、生涯にわたって戦い続けるのが、元々俺達の仕事だ」

執行官ナンバー17《星》のアルベルトがいつものように淡々と言う。

「本っ当に相変わらず、無愛想で堅い男ね。今からそんなんじゃ、やっぱ、アンタ、絶対ロクな死に方しないわ。知らんけど」

執行官ナンバー14《節制》のルナが、アルベルトの隣で憮然《ぶぜん》と言う。

「……以前から気になってはいたんだが」

「何よ？」

「なぜ、お前がここにいる？」

そんなアルベルトに、ルナがむっとした表情で早口になって応じる。

「別に？　私がどこにいたっていいでしょ。事実上、崩壊して国政機能を失ったレザリア王国は、アルザーノ帝国に接収される形で統合しちゃったから、もう敵も味方もクソもないし。貴方に借りっぱなしってのも気に食わないし、ファイス様たっての頼みもあったし、だから、しばらくここで厄介になってやろうってだけの話。……文句ある？」

「……別に。お前が良ければ構わないが」

「ふん。だったらいいじゃない」

いつも通り淡々としたアルベルトに、ぷいっと不機嫌そうにそっぽを向くルナ。

そんな二人のやり取りを前に。

「……お腹《なか》いっぱいなんですが」

「しかもアルベルトのありゃ、グレ坊以上だぞい。ルナちゃんはルナちゃんで、どこぞの白猫嬢ちゃんを遙《はる》かに超えて無自覚だしのう」

「ルナさん……超苦労しそう……」

クリストフ、バーナード、エルザは半眼でため息を吐《つ》くしかない。

と、そんな時だ。


どさり、と。

「じゃ――というわけで、コレの処理、よろしく室長様？」

頭を抱えて突っ伏すイヴの顔の横に、大量の書類の山が積まれる。

執行官ナンバー18《月》にして、イヴの副官、イリアだ。

「はぁああああああ⁉　まだ増えるわけ⁉」

「感謝してよね？　これでも、私が仕分けて、かなり減らしたんだから。給料アップ要求していい？」

「却下！　ああああもう、こんなのやってられるかぁああああああ⁉」

……って、んんん？　これって……うげ⁉　まーた、クロウの部隊がうっちゃらかしたの⁉　ベアは何をやってたのよ、ベアは⁉　あいつら、後で絶対に燃やしてやるわぁああああああああああ――ッ！」

「はいはい、がんばれがんばれ、室長様。

つーか、これからも定期的に、アルザーノ帝国魔術学院へ特別講師として講義に行きたいんでしょー？　これからも折りを見て、会いに行きたいんでしょー？」

「んな――ッ⁉」

「ただでさえ遠距離だからねー、会いに行く頻度を減らしたら不利だよー？　忘れられちゃうかも？」

「な、な、な」

「それにほら？　今度、アルザーノ帝国魔術学院でアレがあるでしょ？　室長も参加したいんでしょ？　キャンセルが嫌だったらさっさと仕事しましょうねー」

「だっ、誰が、グレンに会いに行きたいですってぇぇぇぇぇぇ⁉」

「ぷっ……別に、グレンなんて一言も言ってないんですが？」

イヴとイリアのそんないつも通りのやり取りに。

「あの二人も全然変わらんのう……」

「ええと……二人は母親違いの姉妹なんでしたよね……？」

あの戦いの後、わかったことだった。

その事実をひょんなことから偶然知った時の、イヴの動揺と困惑ぶりは、今でも特務分室内の酒席での話の種だ。

「過去には、色々と複雑なことがあったみたいですけど……とりあえずは二人とも、仲が良さそうで本当に良かったです」

と、エルザが微笑《ほほえ》ましく言うと。

「「はぁ⁉　誰がこんなやつと⁉」」

イヴとイリアが二人同時に振り返り、そう嫌そうに叫ぶのであった——

――――。


「……お互い、やることは山積みですね」

「まったくです」


帝都オルランドに建設された、仮設行政執行省舎の会談室にて。

そこで、帝国女王アリシア七世と、元・レザリア王国の聖エリサレス教皇庁司教枢機《すうき》卿《きょう》、今は帝国から王国への派遣執政官、ファイスが面談をしている。

「そちらの様子はどうでしょうか？」

「帝国と王国が統合し、アルザーノ＝レザリア大帝国となるにあたって、上層部の混乱は多少ありましたが、今のところ、特に問題ありません。

元々系譜を辿《たど》れば、帝国王家は、レザリア王国王家の主筋ですからね。あの大混乱で帝国から圧倒的な支援があったことも手伝って、国民はさほど抵抗もなく受け入れました。

ただ、問題はこれからです。

互いの文化観や宗教観、長年の因縁……軋轢《あつれき》の火種は山とありますから。落ち着けば、じきに必ずあちこちで問題は噴出するでしょう」

「……一難去って、また一難ですね……」

「ははは、まったく。施政者は休む暇なしですね」

互いに苦笑いする。

「ところで……はるばるここまでご足労いただいたのですから、娘さんに会われていってはどうですか？」

ファイスの娘――ミリアム＝カーディス。

今は、マリア＝ルーテルと名乗っている。

先の大戦で、全ての物事の中核にあった少女だ。

「いえ、それには及びません」

ファイスは穏やかに固辞した。

「あの戦いの後、ちゃんと会いましたし、近況はちゃんと手紙で伝えてくれています。どうやら最近、無事に復学したそうですね。

陛下、貴女《あなた》の徹底した情報統制で、娘が謂《いわ》れなき中傷や迫害を受けることもなく、とても感謝しております」

「彼女とて被害者なのです。確かに元凶の一つではありましたが、彼女に落ち度や罪はありません。ならば、全ての民の母たる帝国女王として当然の処置です」

「全ての人間が、貴女のように気高く立派な御方《おかた》ではありません。人は辛《つら》いことや苦しいことがあれば、誰かのせいにせずにいられなくなる時もあります。

ゆえに……今はまだ、私は娘に深く関わってはいけない。どこからどう、彼女と《無垢《むく》なる闇の巫女《みこ》》が結びつくかわかりません。それは彼女の将来のためにならない」

「そう……ですね」

かつて、自分も似たような立場で最愛の娘を一人放逐してしまったことを思い出し、アリシアが苦い顔をする。

「いつか……何の気兼ねもなく親娘《おやこ》で会える日がくるといいですね」

「ええ。ですが……きっと、そんな日は遠くないとも思うのです」

そんなやり取りをして、紅茶をすすりつつ。

アリシアとファイスは、今後のアルザーノ＝レザリア大帝国の運営方法や行政方針について、会談を始めるのであった――

――――。

「ゼーロス様！」

アルザーノ帝国第一王女にして、次期女王のレニリアが、廊下の先を歩くゼーロスを呼び止め、駆け寄る。

「これはこれは、レニリア王女殿下」

「この度は、王室親衛隊総長復帰、おめでとうございます！」

「……ありがとうございます。これも殿下が私のような者に目をかけてくださったおかげです。身に余る名誉でありますが……」

「そんなことありません、貴方《あなた》こそ真の忠臣なんですから！　それに、貴方が帰ってきて、クロス様達親衛隊の皆さん、泣いて喜んでいたじゃありませんか！」

「この大恩、一生かけてお返し申します。皆様の期待に応えられるよう、今度こそ、身命を賭《と》して、粉骨砕身、この帝国に、そして、王家に仕えさせていただきます」

静かに、深々と、ゼーロスはレニリアへ一礼するのであった。

「ところで王女殿下。少々お聞きしたいことがありまして」

「なんでしょう？」

「その姿……旅装のようですが、どこか行幸の予定でも？」

「ああ、これですか。実は……アルザーノ帝国魔術学院へ」

「！」

「ゼーロス様も話は聞いておられませんか？　近々、学院で行われる……」

「ああ、件《くだん》の？　小耳には挟んでおりました。なるほど、そういうことでありましたか……」

「はい。私も次期女王として、まだまだたくさん学ぶべきことがありますから。久しぶりに妹にも会いたいですし……良《い》い機会だと思いまして。

あ、もちろん、お母様にはすでに了承いただいています」

「そういうことでありましたか。ならば、このゼーロス゠ドラグハート！　レニリア王女殿下の行幸に護衛としてお供いたしましょう！」

「えっ⁉　ええええっ⁉　で、でも、ゼーロス様、今とても忙しいのでは……？」

「帝国の未来を担《にな》う殿下の御身に比べれば、この私の卑《いや》しい身など、どうということはありませぬ！

ご安心なされ、王女殿下！　我が身命を賭して、御身をフェジテまで無事送り届けてみせましょうぞ！」

「あ、あはは……もう平和になったのに大げさだなぁ……でも、ありがとうございます、ゼーロス様。よろしくお願いしますね」

────。

フェジテ──朝のフィーベル邸にて。


「うふふふふ……うふふふふふふふふ……まるで夢のようだ……」

「あらあら、貴方ったら」


豪華な朝食が並ぶ食卓に、涙を浮かべて夢見るように微笑むレナードと、いつものようにニコニコとご機嫌顔の、フィリアナ──システィーナの両親の姿がある。

「だって、そうだろう？　まさか、最愛の娘達とこうして再び、食卓を囲める日がくるなんて……ああ、死に物狂いで生き残って、本当に良かった……ッ！」

レナードは感極まったかのように、対面に腰かけるシスティーナ、ルミア、リィエルの顔を順に見つめていく（結構、キモい）。

「それに……それに、まさか、また娘が一人増えるなんて……ッ！　ぅおおおおおおおおおおおおおおおおおおおおん、生きてて良かったぁああああああ！」

そして、最後に末席にちょこんと腰かけるナムルスを見つめ、号泣を始める。

対して、ジト目のナムルスの応対は、どこまでも辛辣で冷ややかだった。

「……キッモ」

「ちょ！　ナムルス！　しっ！　しっ！　我慢して！」

「我がお父様ながら、確かにキモいけど！　否定しないけど！　もうちょっとオブラートに包んであげて！」

ルミアとシスティーナが慌てて、ナムルスを止めに入る。

そんな娘達の冷ややかな対応に気付かず、レナードは大盛り上がりしていた。

「ナムルス君！　話を聞けば、君は……ルミアの遠い親戚のそのまた親戚の、遠縁の友人の子らしいね！　ならば、私の娘も同然！」

「いや、もう完全に赤の他人でしょ、それ。繋《つな》がり皆無でしょ」

「なんでも、幼い頃、ルミアと生き別れ同然で分かたれ、最近、偶然再会したとか……くっ、なんて数奇な運命なんだ！　まるで物語じゃないか！」

「ちょっと、ナムルス……何よ、その設定……もうちょっとさぁ……？」

「まさか信じるとは思わなくて」

「うおおおおお！　この家を我が家と思って、ルミアと一緒に好きなだけ逗留《とうりゅう》してくれても構わん！　なんだったら、この私のことも実の父と思ってくれて構わん！

いや！　むしろ！　お父様と呼んでくれ！　さぁ！　早く！　早く早く早く──」

「あらあら、もう、貴方ったら」

こきゃっ。

ニコニコ顔のフィリアナに絞め落とされ、たちまち静かになるレナードであった。

「はぁ……ごめんね、ナムルス。こんな騒がしい両親で」

システィーナが苦い顔で、ナムルスに謝る。

「……別に？　レナードは確かにちょっとキモい人だけど、良い人なのはわかるし、別に嫌いじゃない。フィリアナも凄《すご》く良くしてくれて、本当にありがたいと思ってる」

「そう、それは良かった」

「ん。レナード、慣れると面白い」

安堵《あんど》したようなシスティーナに、リィエルが頷《うなず》く。

「ナムルスも、ほら、肉の身体《からだ》を手に入れたよね？　色々と不便があると思うから、しばらくは私達と一緒に暮らそう？　ね？」

「そうそう！　お父様の計らいで、貴女も学院へ通わせてくれるみたいだし！　私達と一緒に学院生活楽しもうよ！」

そんなルミアとシスティーナの言葉に、ナムルスが自分の姿を見下ろす。

システィーナ達と同じ、学院の制服姿だった。

ナムルスはそんな自分の姿をじっくりと見つめて、やがてぼそりと呟《つぶや》く。

「前々から思ってたけど……相変わらずスケベな制服ね、コレ。えっちすぎでしょ、痴女なの？」

「「それは言わないお約束ぅうううううううううううう！」」

システィーナとルミアが鬼気迫る表情でナムルスに左右から詰め寄るのであった。

「まぁ、いいわ。必要ないけど、学院に通うってのは悪くないわ。当面の暇潰しにちょどいいし。

それに、住居を提供してくれたことも感謝よ。肉の身体は色々と面倒だから。

でも、一つだけ思うのだけれど……私の住む場所、グレンの家じゃ駄目なわけ？」

「「絶対に駄目ぇえええええええええええええええ——ッ！」」

アンサンブルするシスティーナとルミアの叫び。

「……？」

ただ、リィエルだけがキョトンと首を傾《かし》げているのであった。

――――。

レナードとフィリアナに見送られて、システィーナ、ルミア、リィエル、ナムルスの四人は並んで学院への道を歩く。

すると――……

「せぇえええんぱぁああああああああああい！」

道の先からマリアが手を振りながら、満面の笑みを浮かべて猛然とやってくる。

マリアとは、大体、登校時、この道で合流することが、システィーナ達の日課になっていた。

「あら、おはようマリア」

「おはようございます、先輩達！　さぁ、今日も一日張り切って、勉学に励みましょういざいざっ！」

「相変わらずテンション高い娘ね」

「ん。マリア、今日も元気」

「まったく……胃もたれしちゃうわ」

いつもの通り変わりないマリアの様子に苦笑いするシスティーナ達。

「あ、ところで、グレン先生は？　いつもすでに合流しているじゃないですか？」

「あー、先生はね。今日は……アレだから」

「ああ、なるほど！　その準備で……？　さっすが先生ですね！　私も今日のことは、すっごく楽しみにしてたんで！　なんだか今からわくわくしてきました！」

そうやって無邪気に屈託なく笑うマリアを、じっと見つめて。

「……貴女《あなた》を取り戻すことができて、本当に良かった……」

「あはは、やっぱり、マリアはこうでないとね」

「ん。マリアはマリアが一番いい」

「？」

システィーナ、ルミア、リィエルがそんな風に頷き、マリアが小首を傾げた。

「それにしても……最近、街が騒がしいわね」

その時、ナムルスが辺りを見回す。

まだまだ復興作業中というのもあるが、街のあちこちで新しい建物の建築が進んでいるようだ。

「なんか、この街そのものを根底から改造している感じ。一体、何かあるわけ？」

「ああ、これね。実は……リゼ先輩が話していたけど、アルザーノ帝国魔術学院の大幅な敷地《しきち》拡張と、それに伴う学生街と寮の増築を行っているらしいよ？

なんでも、あのウィーナス商会と西マハード会社も絡《から》んだ一大プロジェクトらしいわ」

「うわぁ、凄い。帝国と王国の復興を支えているその二つの会社が出てくるなんて、本格的なんだね」

「あっ、そういえば、こないだ新聞に写像画載ってましたよ!?　ウィーナス商会の会長ニーナさんと、西マハード会社の社長ルチアーノ卿《きょう》が握手してるシーン！」

「はぁ……よくわからないけど、なんでそんなことに？」

「これもリゼ先輩からの情報なんだけど……なんでも、今、アルザーノ帝国魔術学院に、世界中から留学希望者が殺到しているんですって。

その数がそれはもう凄いことになってて……だったらもう、最初から受け入れ生徒数を増やしてしまおうって」

「ふうん？　まぁ……そんなものかしらね。なにせ、あの学院には、世界を救った英雄様が講師として勤めてるんですもの。

まぁ、貴方達《あなた》、単純極まりない人間なら、そうなっても仕方ないわ」

「……と、そうは言いつつ、なんかナムルス先輩、まるで自分のことのように嬉《うれ》しそうですよねっ⁉」

「……やはり《無垢《むく》なる闇の巫女《みこ》》は、一人残らず滅ぼすべきか」

「いたたたたた――ッ⁉　ほっぺ！　ほっぺ千切れちゃいますぅううう⁉」

「ほらほら、二人とも。あんまりちんたらしてると遅刻しちゃうわよ！　急ぎましょう！」

そう言って。

システィーナ達は学院へ向かって歩き出す。

そんな彼女達の背中を追いながら、ナムルスはふと、空を仰ぐ。

どこまでも抜けるように青い空。

だが――フェジテの象徴だった天空の城の姿は、もうない。

「……《無垢なる闇》の存在しない世界……か。なんだか、今でも信じられないわ」

あの戦いで《無垢なる闇》は完全に滅んだ。

滅ぼしてしまった。もう、この全宇宙、全次元樹、全世界で、《無垢なる闇》の脅威に怯《おび》える人間はいない。

あまりにもスケールが壮大な話だが、彼女の主様《マスター》は結局、本当の意味で〝正義の魔法使い〟になってしまったのだ。

「だけど……《無垢なる闇》とは、闇と混沌《こんとん》そのもの。光がある所には、必ず闇が存在するもの。いつか、遠い未来の世界……また、似たような存在が、この分枝《ぶんし》宇宙のどこかで生まれ落ちる……かもしれない」

それは、同じ外宇宙の邪神だからこそ感じる不安。

でも──

「……大丈夫ね。きっと大丈夫。だって、人間は……私達よりずっと強いのだから」

そんなことを、システィーナ達の背中を見つめながら呟いて。

ふっと笑って、後に続くのであった。

────。

「皆《みんな》、おはよぉ～」

マリアと別れて、二年次生二組の教室へ入ると。

「おう、おはよう！　お前ら！」

「ふふ、本日も良い朝《い》ですわね」

ギイブル、カッシュ、ウェンディ、テレサ、セシル、リン、カイ、ロッド……彼らを始めとするいつものクラスメート達の姿がそこにあった。

そして、そんなクラスメート達に加えて。

「おはよう、システィ！　相変わらず朝から可愛《かわい》いね！」

クライトス校のエレンや。

「今日も一日よろしく頼むぜ！　システィーナ、ルミア、リィエル！」

「ふふん、今日こそ、貴女達には負けませんわ！」

「ああ、魔術戦で一本取る！　お前達からな！」

「いやー、無理でしょ。こいつら、世界トップクラスのチートだし」

聖リリィ校のコレット、フランシーヌ、ジニーらの姿もある。

先のシスティーナが言った通り、大規模な留学生受け入れ態勢が、少しずつ始まっており、彼女達はその第一陣、先駆けというわけだった。

「はぁ～、賑《にぎ》やかねぇ……これで本格的に、世界中から留学生を受け入れ始めたらどうなるのかしら？」

「そうね。なんか、魔術祭典で戦った、砂漠のハラサのアディルさんやエルシードさんも留学希望届出してたみたいだし……」

「おー、魔術祭典で戦ったといえば……システィーナ、聞いたか？　日輪の国のサクヤのこと」

「えっ⁉　何かあったの⁉」

コレットの振った話題に、システィーナが反応する。

「彼女は、確か——」

「ああ、生まれながらの心霊疾患で長く生きられない……って話だったが、今度、この学院のセシリア先生の心霊治療を受けに、シグレのやつと一緒にこっちに来るそうだ」

「そして、治療が上手《うま》くいったら、そのまましばらく留学するそうですの」

「そ、そうなのっ⁉」

「それは良かったね、システィ！　セシリア先生に診てもらえれば、きっと……」

思わずほっと息を吐《つ》くシスティーナに、ルミアが微笑《ほほえ》む。

覚悟を決めていたとはいえ、ずっと気がかりでもあったことに希望が見え、少しだけ気が楽になる。

まだ、未来はわからないが、きっと——

「他にも、魔術祭典に参加した同期連中が、世界中からわんさか来るみてーだし。こりゃ当分、退屈しそうにねえなって」

「本当ね……まぁ、きっといいことだと思うけど」

騒がしくなっていく未来しか見えないこの状況に、システィーナは苦笑いするしかない。

「さて、そういえば、そろそろ時間ですわ」

「ああ、先生の……件《くだん》のアレだな？」

「そろそろ移動するか」

ウェンディやカッシュの言葉に、ギイブルが頷《うなず》く。

「そうね。皆、大講堂へ移動しましょう！　私達の先生の一世一代の晴れ舞台……とくと拝見しようじゃない！」

そんなシスティーナの促しに、クラスメート達は頷くのであった。


――――。


一方――その頃。

アルフォネア邸にて。

屋敷敷地内《やしきしきち》の中庭に設けられた、東屋《あずまや》にて。

「…………」

「…………」

セリカとル＝シルバが、テーブルに向き合って座りながら、のんびりと紅茶を飲んでいた。

「それにしても……貴女とこうして平和な日常を過ごせるなんて夢みたい」

「そうだな。私もこんな日がくるとは思ってなかったよ」

穏やかに語り合う二人。

「でも……ちょっと残念だね。貴女ほどの人の魔術が失われちゃうなんて」

「そうだな。結構、血反吐吐《ちへど》いて練り上げたものだからな。やっぱ、喪失感ってものはある」

セリカがくすりと微笑む。

「だが、どうでもいいことだ。私は私のやるべきことを全てやったし……まぁ、それになんだ？　いい加減働きすぎだろ、私。もう引退だよ、引退」

「あはは……そうだね」

「まぁ……たまに、知識の伝授のために、学院で教鞭《きょうべん》執ってやるくらいならいいが……実際、それも必要ないしな。アイツがいるから」

「…………」

「私の全てはアイツが受け継いだ。後は、アイツが後の世代へ、色々と伝えていくことだろうよ。何も心配はいらない。

後は、若い連中に任せておけばいい。老いては子に従え、だ。

私のような終わった時代のロートルは、若い連中がやることを黙って見守ってりゃそれでいいんだ」

「ふふ、そうかも。じゃあ、これからは私も貴女《あなた》と一緒に、若い子達の行く末を見守るってことでいいかな？」

「ああ、もちろんだ、我が友」

そう穏やかに頷いて。

セリカは紅茶のおかわりを、ル＝シルバのカップに注《つ》いでやるのであった。

「さて、今頃、アイツは……学院の大講堂で、熱弁を振るっている頃だろうな……」

────。

「ってぇ!?　グレン先生はどこ行ったのよぉおおおおおおおおおおおおおおおおおおおおおおおお

おおおおおおおおおおおおおおおお──ッ!?」

大講堂内、最前列に腰かけるシスティーナの怒りの絶叫が響き渡った。

「どういうことなのよ!?　もうとっくに講義開始時間過ぎてるんですけど!?」

「ま、まぁまぁ、システィ。ひょ、ひょっとしたら、何かあったのかもしれないし……」

「に、してもよ!?　このタイミングでやる!?　このタイミングで!?」

本日から、グレンの特別講義が、この大講堂で行われるのだ。

グレンが《神を斬獲せし者》として過ごした戦いの日々や、古代文明に関わる外宇宙の邪神達のこと、そして〝天〟の領域の魔術についての概論を三日に亘《わた》って講義するということで、それはそれはもう、参加希望者が凄《すご》いことになった。帝国中から集まってきた。

学院内においては、生徒、講師、教授陣問わずだし、わざわざこのために海外からの留学を間に合わせた生徒達も存在する。

今、この講堂内にはそうした人達が、立ち見も出るほどごった返している状態である。

だというのに──

「なんで、肝心のアイツが、時間になっても来ないのよぉおおおお!?　何!?　このなんか懐《なつ》かしい感じ！　懐かしみたくなぁあああああああい！」

システィーナの悲鳴が、一体、どういうことかとざわめき始めた聴講者達のざわめきの中にかき消されていった。

「ったく、あの男……この私が、わざわざ遠路はるばる来てやったというのに……」

システィーナの後ろの席のイヴは、怒り心頭といった感じでプルプルと震えているし。

「あのバカ主様《マスター》……」

さしものナムルスも弁護不可能な模様で、苦々しい顔をしている。

二年次生二組の生徒達は、まぁ、ありえるよな……と諦めモードだ。

「ねぇ、ルミア。その……グレン先生という御方《おかた》……？」

「ええと、あはは……ちょっと、たまにこういうお茶目なところは、あるかも……」

戸惑いを隠せないレニリアに、その隣に座るルミアが曖昧に弁明している。

「さすが、グレン先生！　我々にできないことを平然とやってのける！　コレが不可能を可能とする在り方、生き様かッ！　〝あり〟だなッ！」

「いや……さすがに〝ない〟じゃろ、コレは」

「くっ……やっぱり、あの男はこの学院の講師に相応《ふさわ》しくない……ッ！」

「あ、あはは……先生方、抑えて抑えて」

オーウェル、ツェスト男爵、ハーレイ、セシリアも呆《あき》れ気味で。

「あの、そういえば、学院長？　フォーゼル先生は？　学院の先生方は、全員参加の方針だったはずじゃ……？」

「ああ、話が古代文明のとこになったら呼んでくれと」

「ブレませんね……」

「はー、どいつもこいつも……こいつら、いい加減、クビにしようかな」

リック学院長も頭を抱えてため息を吐《つ》くしかない。

「ところで、今度、特別恩赦でヒューイ君が教職へ復帰することが決まったんじゃが」

「えっ？　あのヒューイ先生がですか⁉」

「うむ。で、何かを足せば、何かを引かねばいかんじゃろ？　この際……」

不気味に笑い始めるリック。曖昧に苦笑いするセシリア。

そして、そろそろ大講義室内に集まった人達から、グレンに対する非難が上がりかねない……そんな時であった。

がらっ！　と扉が開いて。

「あっははは～、いやぁ、メンゴメンゴ！　つい、ベンチでうたた寝してて遅れ――」

「遅ぉおおおおおおおおおおおおおおおおおい⁉」

　グレンが顔を見せた瞬間、システィーナが放った輝ける風が、グレンを容赦なく吹き飛ばし、壁に叩《たた》きつけるのであった。

「お、お前ぇぇぇぇ⁉　何、呪文なしで天位の魔術起動とか、しかも完璧に制御して、周囲にダメージ出さずに俺だけ吹き飛ばすとか、無駄に第七階梯《セプテンデ》超えた超絶技巧、やめてくれない⁉　そんなの見せられたら、俺、立つ瀬ないんですけど⁉」

「どやかましいわよ！　こんなここ一番の大舞台で遅刻なんてしてんじゃないわよ⁉」

「もう、むしろ、お前が講義しろよ！　こんな三流の雑魚《ざこ》よりよっぽどいいだろ⁉」

「何わけわかんないこと言ってんの⁉」

　大勢の前で、いつものようなやり取りを始めるグレンとシスティーナ。

「まぁ……こんなやり取りも懐かしいっていうか」

「ですわね、やっぱりこの学院はこうでないと」

「フン、どうでもいいけど、早く講義始めてくれませんかね」

　カッシュ、ウェンディ、ギイブルら二年次生二組の生徒達も、呆れ半分苦笑いだ。

「ほら、起きて、リィエル。先生来たよ？」

「……ん……？」

突っ伏して寝ていたリィエルを、ルミアが揺り起こして。

一同が講義を受ける準備をしているうちに、グレンがついに教壇に立つ。

そして、人でいっぱいの大講義室を見渡して、頭を掻《か》く。

「ったく、頼まれたから軽く引き受けちまったが……なぁんでこんなにいるんだよ？」

「そりゃあ、ねぇ？　一度は人のまま、神様になっちゃった人の話、誰だって聞きたいでしょ、魔術師なら」

「わからん……物好きの暇人かよ。まぁ、いいさ」

グレンが頭を掻きながら、ぼやく。

「さて……これから三日間にわたって、講義をさせていただくわけだが。

うーん、何から話そうかな……いや、話す内容は、周知の通りなんだが……一体、どこから話したらいいものやら」

「ちょっと、ちょっと、しっかりしてくださいよ、先生ってば」

「うっせぇ、わぁーってるよ」

いちいち小うるさい弟子に、グレンが頭を掻きながら、気を取り直す。

しばらく考えて。

「よし、そうだな。まだ初日の一発目だからな。あんま難しい魔術の理論とか、古代文明の話とか、込み入った専門的な話じゃなくて。

まずはガイダンスっつーか……根本的な魔術師としての概論など語ろうか。一つ初心に返る意味も含めてな」

そんなグレンの宣言に。

途端に、大講義室内の空気が引き締まっていく。

グレンの言葉を一言たりとも聞き逃さぬようにと、部屋全体の集中が高まっていく。

そんな空気の中、グレンはまるで臆せず自然体で。

そして、不敵に笑って、こう言うのだった。


「よし、決めた」


「今日最初の講義内容は──〝夢に向かって歩み続ける意義について〟。

そして──〝俺達魔術師が目指すべき未来〟について」


「興味ないやつは、寝てな」

FIN

あとがき

こんにちは、羊太郎《ひつじたろう》です。今回、『ロクでなし魔術講師と禁忌教典《アカシックレコード》』第二十四巻——ロクでなし本編最終巻の刊行の運びとなりました。

編集者並びに出版関係者の方々、そしてこの『ロクでなし』を支持してくださった読者の皆様方に無限の感謝を。

ついに、ついに完結しました！　グレン君と愉快な仲間達の冒険譚《たん》！　本当に、本当にここまでついてきてくれた読者様がた、本当にありがとうございました！

いやぁ、振り返ってみれば、なんていうか……壮大なスケールの話でしたね……一体、どうしてこうなった？　思えば、ロクでなし第一巻の当時の僕の担当編集の何気ない一言が全てのように思えます。

『今後の作品展開の奥行きを増やすため、天空の城とか出しておくといいかも』

こんな何気ない一言で、当初は影も形も設定もなかった『メルガリウスの天空城』が、グレン達が住む街のお空にねじ込まれました。

そして、〝語感が格好いいから〟とかいう、わりと適当な理由で『禁忌教典《アカシックレコード》』という作品に関係皆無な中二ワードがタイトルにねじ込まれた時、それらを回収するために、僕が色々と設定をこねくり回し始め……このような長期に亘《わた》るお話になってしまいました。

ていうか、よく頑張ったな、僕。

というのも、序盤から中盤にかけて無節操に無数の伏線を張りまくったせいで、一時は〝いや、これもう上手《うま》く纏《まと》めるの無理無理無理無理カタツムリだろ……〟と、頭を抱えていたものですが、まぁなんとか全伏線を綺麗《きれい》に回収し、長編物語として、なんとか上手く最高ゴール地点へと着地出来たと思います！　自画自賛！　自画自賛！

振り返ってみれば、主人公グレンを筆頭に、誰が欠けても、それが敵だったとしても、完結することが不可能だった作品……登場人物全員が主人公だったお話でした。

羊の持てる力を全て出し切り、胸を張って〝これが羊の代表作だ〟と言える作品となりました。このような作品を世に送り出すことができて、羊は幸せ者です。

改めて、ここまでグレン君達の物語を追い続けてくれた読者の方々、編集部や絵師様を含む関係者各位、この作品が生まれ、最後までゴールできたのは貴方《あなた》達のお陰です、本当にどうもありがとうございました！

ですが『ロクでなし魔術講師と禁忌教典《アカシックレコード》』は完結しましたが、羊太郎の作家人生はまだまだ完結していません。『追想日誌』の方はまだ続きますし、これからも、皆様に少しでも面白いと思っていただけるような作品をガンガン書き続けます！　そう、〝ただ歩み続けるだけでいい〟のですから！

その誓いに従い、ロクでなし本編完結と同時に、早速新作を刊行します！

その名も『これが魔法使いの切り札』——ロクでなしとはまた違うファンタジー世界の魔法学校を舞台に、魔術師を目指して奮戦する、とある一人の少年の物語。

恋に冒険に忙しい若者達の、笑いあり涙ありの熱い青春を描くお話で、同じ魔法学園ものでも、ロクでなしとはまた全然違う読み味に仕上がった羊の自信作です！

もし、よかったら手に取ってやってください、どうかよろしくお願いします！

それと、X（旧Twitter）で生存報告などやってますので、DMやリプで作品感想や応援メッセージなど頂けると、とても嬉《うれ》しいです。羊が調子に乗って、やる気MAXになります。ユーザー名は『@Taro_hituji』です。

それでは！　またいつかどこかでお会いしましょう！

羊太郎

富士見ファンタジア文庫

ロクでなし魔術講師《まじゅつこうし》と禁忌教典《アカシックレコード》24

令和５年11月20日　初版発行

著者——羊《ひつじ》 太郎《たろう》

発行者——山下直久

発　行——株式会社KADOKAWA
〒102-8177
東京都千代田区富士見2-13-3
0570-002-301（ナビダイヤル）

印刷所——株式会社暁印刷

製本所——本間製本株式会社

ISBN978-4-04-075184-9 C0193　◇◇◇

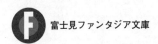

切り拓け！キミだけの王道
ファンタジア大賞
原稿募集中！
賞金
《大賞》300万円
《金賞》50万円
《銀賞》30万円
選考委員
細音啓 「キミと僕の最後の戦場、あるいは世界が始まる聖戦」
橘公司 「デート・ア・ライブ」
羊太郎 「ロクでなし魔術講師と禁忌教典《アカシックレコード》」
ファンタジア文庫編集長
前期締切 8月末日
後期締切 2月末日
公式サイトはこちら！ https://www.fantasiataisho.com/
イラスト／つなこ、猫鍋蒼、三嶋くろね